挺 好

赵子然 著

时代文艺出版社
SHIDAI WENYI CHUBANSHE

图书在版编目（CIP）数据

挺好 / 赵子然著. -- 长春 : 时代文艺出版社,
2025. 7. -- ISBN 978-7-5387-7544-0

Ⅰ. I267

中国国家版本馆CIP数据核字第20249C0E09号

挺好
TING HAO

赵子然　著

出 品 人：吴　刚
产品总监：郝秋月
责任编辑：余嘉莹
装帧设计：陈　阳

出版发行：时代文艺出版社
地　　址：长春市福祉大路5788号　龙腾国际大厦A座15层（130118）
电　　话：0431-81629751（总编办）　0431-81629758（营销部）
官方微博：weibo.com/tlapress
开　　本：880mm×1230mm　1/32
印　　张：9
字　　数：180千字
印　　刷：河北赛文印刷有限公司
版　　次：2025年7月第1版
印　　次：2025年7月第1次印刷
书　　号：ISBN 978-7-5387-7544-0
定　　价：49.80元

图书如有印装错误　请与印厂联系调换　（电话：13811848728）

挺好的孩子

陈丹青

十六年前，我曾和一群青年在奥运会开幕式组瞎混，当时自称"80后"的青苗近乎今天的"00后"，其中就有可爱的子然。

人总难了解隔代的孩子。他（她）们想些什么？如何打发日子？重要的是，如何存活：在这个"50后"倍感陌生的时代，他（她）们的青春果真更幸运、更顺当、更开阔？

现在子然絮絮叨叨写了一大堆，我读了，还是不很明白。

我做过庄稼活，但没送过外卖（那位自名"梅西"的乡村青年）；我带过婴儿，但不可能生育（那几位单身母亲的宝宝不是有病，就是死了）；我卖画谋生，但从未起念开公司（瞧她笔下的K总、L总之类）；我曾长居纽约，但岂敢像那位S小姐，忽而美国，忽而回国，才刚有点儿起色，又去伦敦拿学位；等等。

何止隔代，这几十年，我们彼此经历多少无法交换、难以对话的人生。

那年瞧着这群家伙在开幕式闹腾，我猜他们不知道散伙后的失落，并将长久怀念这段日子。有那么几年，开幕式小朋友聚会全是子然张罗——也叫上我——我旁观他（她）们渐渐长大，心想：嘿，小子，知道吗？越是长大日子越不好弄，人会渐渐地不单纯，不开心。

但子然是那样一种性格：绝对不可以不开心，绝对不能疲惫、厌倦、放弃。她总是好比晴天，明朗快乐，至少随时准备发起快乐。现在看她写的七八位人物，奇怪，我觉得像是子然的折射：什么都无法使他（她）们抱怨、颓丧、消沉，仅差一小个代际，"90后"青年宣称（也许是妄称）躺平，但被子然描写的人似乎没一个躺平，绝不躺平。

那可能是真的，但我不完全相信。在我看，子然的快乐是一种可以叫作"爱"的"意志"：她迫使自己坚强，以至于竟能保持欢颜。我愿意相信她的朋友们诚如她的描述，而她要事无巨细地写出来，就是那"意志"的驱使。

前些年看过一部连续剧，剧中每个女孩男孩以各自的方式，越是生存得艰难，越要玩命挣扎。说得正面一点儿（也好听一点儿），那是"奋斗"！既是对付爹妈，又是告诫自己的话，那部剧取了个动人的名字：

我在他乡挺好的！

什么叫作"挺好"？和子然有限的交往，我记得她持续为失学的穷孩子筹集款项，也曾亲眼看她为朋友仗义执言，训斥躲在电话那头的坏家伙，言语麻利而凶狠。我知道，她三岁那年就过上单亲家庭生活，再没见过生父。这可能是一种良药，长期服用的人，大概率说，强韧而达观。这就是为什么我不问子然怎样生存，也从没问过她有没有沮丧黯然掉眼泪的时刻。

眼下我在她的书中——据说这些絮叨将成为书——看到一个令我宽心，甚至可敬的孩子。是的，从这堆令我头晕眼花的文字里爬出来，我发现子然和她的朋友们，都挺好的。

2024 年 3 月 8 日

目 录
Contents

第一章 / **他们和她们的故事**

第二章 / **我的故事**

第三章 / **吉光片羽**

第六章 / **不看也罢的歪理邪说**

Chapter 1 / 第一章

他们和她们的故事

1. 他叫梅西，他是一个"送外卖的"

很难用一个词精准地形容梅西的业务：外卖、代购、黄牛、跑腿……似乎都差点儿意思。

2017 年他来到北京，最初用自己的本名涛涛。后来因为热爱球员梅西，不知从什么时候起改了昵称叫梅西。如今身边的朋友、兄弟、客户都这样喊他。他的朋友圈不设时间限制，每天像连续剧一样"直播"京城的俏货：从饹馇礼盒到冬菜包子，从香灰手串到全网难求的熊猫玩具。简单粗暴地概括：在北京城里，凡是你想买但是懒得去买、排不上队、找不到货源的尖儿货，只要找他，都能买到。

我和梅西是通过一个闺中密友介绍认识的，介绍的缘由也很有趣，并不是为了要买动辄排队五个小时的蛋糕，而是因为："他太有故事了，你可得加他朋友圈看看。"

和大部分朋友圈中的微商、代购不同的是，小学勉强毕业的梅西是一个爱讲故事又会讲故事的人。在他一天动辄十条八条的朋友圈里，九宫格图片上面永远是密密麻麻的小作文。

发雍和宫福字的时候，他写——

　　左宗棠说："发上等愿、结中等缘、享下等福。"意思是说在做事情上要胸怀大志，生活上要向低标准看齐。这句话也是李嘉诚的人生格言。这好像跟梅西的状态一样一样的哈哈哈哈哈，本来还说改变一下发型、追追时尚、用用洗面奶。看到这段话，不用了哈哈哈哈，能彻底给自己找借口了哈哈哈哈哈哈……

发糖炒栗子、宫门口馒头的时候，他写——

　　地安门—角楼—北长街—南长街—长安街—前门西大街—宣武门大街。这是一条二环里贯穿南北最近，车最少的路。比如：买完糖炒栗子再去买留学路上的宫门口馒头，这条路是最近的。如果绕到西单的话，一路上车多人多……梅西走这条路的次数，算下来平均每天能有七次。最多的一天，走了快二十次。

2022年12月中旬，北京快递、外卖运力不足的时候，他发几张零星的路景或几段小视频，总能拍到电动车的表盘，他写——

这段时间，每天都在和生命赛跑。

两条腿帮着很多兄弟姐妹们的家人找到了渺小的希望，一听兄弟姐妹们说严重，梅西的心理压力就会变得很大很大。

一路风景皆过客、身在天涯守初心。

希望渺小的努力，能让兄弟姐妹们感受到一份微小的守护。

上周梅西出了趟远门，从北京飞到长沙，给一位病重的老人送吃的。他很激动，这是他活到三十出头第一次坐飞机。这也让他成了老家村里第五个坐过飞机的人。他写——

第一次坐飞机。第一次知道登机牌需要先取出来，第一次坐飞机和第一次坐火车的茫然感一模一样，第一次知道登机前的检查好慢，第一次知道飞机向后倒机需要借助其他设备，第一次看见飞机起飞，第一次在很高很高的天空上俯瞰广阔无垠的大地，第一次知道"三十而立"的真正意义，第一次感悟到自己对北京的里里外外原来真的已经适应了，第一次被陌生人叫"赵先生"……

很多人三岁时就已经实现的事情，自己却直到三十一岁（带着总是被人误认为五十岁的面孔）快结束时才触碰到这万米高空。

在飞机上拍照片或许很土，穿得也很土。

但是——

很自然了，再没有前些年第一次经历事情时的脸红，再没有初来乍到时听到普通话和英语就会觉得很神奇……

这样的梅西，我实在好奇得肠子都痒痒，央求着介绍人请他一起出来吃饭。他如我预料地迟到了，不足两个小时。他满脸笑容地走进餐厅：个子高且壮实；脸庞饱满、脸颊透着红润；头发趴在头顶，发际线蜿蜒着往后作撤退状，被朋友取笑着离秃顶不远了；一双眼总是弯着，像是有用不尽的笑意。

我寒暄了几句，小心迂回地问他那些五花八门的宝贝都是哪里来的。他一脸憨笑地说："就是这些年认识下来的人嘛。"再问，便不说了。像是新闻记者守护自己的消息来源一样，真诚又神秘。

其实梅西不止一次接触过特殊物品的货源。换个黑心者把这些放到黑市卖，赚个六七位数不成问题。但他不愿意。

他受雇主委托去长沙，收了雇主不大不小的红包，见老人吃了东西就走了。雇主留他多玩几天，要给他报销吃住。他连说着不要，拎着帮人代购的三杯茶颜悦色就回了京。他周围有一个兄弟在2022年底提了台保时捷，跑回来和他说："管他干什么赚的钱呢？这个社会，有钱就是厉害。我以后开保时捷，别人会在乎我是倒卖什么挣的钱吗？不会的。"他说他心里也有点儿羡慕，但就是做不来。

其实偏财运他有不少。封控时期，很多快递小哥、外卖小哥的住处被封控，有些人无家可归。梅西为此大手笔地包下了一间酒店里的一层，足足有几十间房，喊兄弟们去住。没两天，酒店房价看涨，酒店老板跑来给他退钱，甚至加钱想买回这些房间。他本可以顺水推舟地赚上一小笔，但他也没有。他说："北京今年的冬天，满地都是六便士，但是我选择了月亮。抬头看月亮，想到的是远方。"

用我俩共同朋友的话来说，梅西这些年"挣钱的速度永远赶不上他花钱的速度"。花钱的事由五花八门。从给兄弟们包酒店，到给村里十多个老人办后事，到发洪水的时候给老家捐钱，再到每个月给一个过世兄弟的孩子打生活费。

我听他们讲梅西遇事花钱的大方程度，总觉得这是一个挥金如土的富二代，而忘了他其实是一个每天五点起床、开电动车穿城、排队买奶茶和面包送去给别人的人。

我尝试性地问他："这么多年自己辛苦赚来的钱，为什么不给自己花点儿呢？住好一点儿的房子，买辆送货更方便的车，吃好点儿、穿好点儿？"他笑着说："我每天在外面送货，回家也就是睡觉，用不着住好的公寓。住村里挺好的，习惯了。衣服嘛，来北京这些年，里里外外都是别人送我的，穿着挺好。"说完，他努努嘴看旁边的朋友。

朋友假装生气地拍他："我给你买了好多件呢！怎么来来回回就穿这一件！"他笑着不说话，看了看面前的汉堡，又看了看我们，问："这咋吃？"我们各自举起自己的汉堡，叫他也直接上手就好。他双手捧起塞满肉饼和培根的汉堡，咬了几大口，又问我们："这是不是比那个 Shake Shack（昔客堡）还好吃？"

梅西身上奇妙地融合着都市的"洋气"和乡间的"地气"，浑然一体，毫不违和。他不但在饭桌上和我们中英掺杂地讲着"我不 care（在意）"这样的话，更是流畅自如地穿梭在 SKP、国贸这样的高端商城和奢侈品店。进了 LV 店，他会拿出像在秋栗香买栗子一样的姿态，问化着精致全妆的销售姑娘："你这包那么贵，能不能便宜点儿呢？"被拒绝也不气，只"嘿嘿"地笑一声，便去付钱、拿包、送货。

当然还有他洋气的微信名字——"梅西 Plus"，像苹果电脑一样，自我迭代。

梅西早年便失去了父母，靠唯一的亲人——奶奶带大。十三岁离家，在建筑工地当学徒，成了电焊一把手。在武汉建火神山医院的时候，他朋友圈里的小作文和工地日常被人发去了微博，一度成了诸多名人都争相点赞、转发的"最乐观的农民工"。他因此小小地火了一把，被各大媒体邀请采访，甚至春节晚会节目组发来邀请，但他都一一拒绝了。

梅西也曾低落过：买了五十杯奶茶送去指定地点发现没人的

时候，被已订婚的对象骗钱的时候，因被同行陷害以致去派出所的时候。但每次亏了钱、受了委屈，他找最亲的朋友哭上一场，也就过去了，第二天又五点起床去排队买货。

更多的时候，他眼含笑意地看着一切。他和我们吃两个小时的饭，席间没有提到一句抱怨和遗憾。旁边人替他气得咬牙跺脚的事，他笑一笑、眨着眼说："要不是有那回事，我也不会来北京，也就不会认识你们了啊。"

很多人像我一样，虽然未必常常找他代购那些时髦的玩意儿，但已经养成了每天读他朋友圈小作文的习惯。他没有刻意营造人设，他也不关心、不评价别人的人设。他笃信"人越善良，越有好运"，然后自顾自地"傻"乐着生活。在这个有着两千两百万人口的城市里，他做着最容易被人轻视、误会、习以为常和不屑一顾的工作。但他笑着对我说："自信和自尊是自己给自己的。"

他叫梅西，他是一个"送外卖的"。

2.坚韧的母亲们

"为母则刚"是句大话。我总是不懂为何要用四个字把生育和坚韧的性格绑在一起，明明现实中也不乏生而不养的人。然而"为母则刚"又是句实话。我虽未曾见过徒手搬车救子的大力女士，但在世间仓皇中救孩子的母亲我却认识不止一个。

Yaya 妈妈

竹子十几年前留学美国攻读法律，之后便留在大雪纷飞的明尼苏达州定居。盛夏归国探亲，带回来近两米高的"巨人"老公。我们几个作为女方家人、老友代表出席，在大宅门餐厅的包间里，吃切片的烤鸭，看闹腾的变脸。竹子身材健美而瘦，贴身红裙看不出什么异样，还是她凑过来，轻抚脸庞讲："四个月啦!"我们方知身份已经晋升姨妈。

冬日收到她先生的邮件，得一女，名"Yael Lan"，小名"Yaya"。Yael 是希伯来语中的"山羊"，希伯来语来自女娃的犹太父亲；又恰逢她生于羊年，此传统源自她的中国母亲。女娃有着白净的脸庞，茂密的深褐色头发，滴溜溜的圆眼睛，只是照片也看得人心欢喜。我们的老友群顿时变成了姨母群，因 Yaya 的俊俏当即张罗起娃娃亲。

又一岁的冬，收到竹子邮件，却是 Yaya 离世的消息。孩子被确诊为罕见的遗传疾病，病情在几个月内迅速恶化，影响到肌肉功能，以致吞咽、心跳都成了难事。闪着光的眼睛和小圆脸停在了一岁又二十五天。竹子的邮件温和平静，没有一句悲愤。她写道："我们伤心欲绝，但亦欣慰 Yaya 是在至亲好友的陪伴下平静地离开。"她连写了两个"very"，是说 Yaya 和病魔做了"非常非常努力的抗争"。

其实我们都知道，做了"非常非常努力的抗争"的是那个怀胎十月后竟要安排幼女的葬礼，还要妥帖地写下邮件的她。短短两行字，像潮水涌来，又退去，破碎都留在心里。

几年后，竹子和她先生又在遗传学专家的帮助下，有了两个健康、可爱的孩子。和所有小童的母亲一样，居家办公的同时要带娃是她最烦心的事之一。而她们纪念女儿的方式，除了在旅行时总是带上一只小羊玩具之外，还注册了"Yaya 基金会"，募款以推动对 Yaya 所患的脑白质营养不良症进行更多的研究，为同病患者和其家属提供支持和帮助。

网站的介绍页背景，是竹子、竹子先生和 Yaya 在 Yaya 一岁生日时拍的合照。

艾丽丝妈妈

　　我刚认识艾丽丝妈妈的时候，一度以为她是单身的少女。我俩约在三里屯喝咖啡，她穿着蓝白条的无袖裹身裙，拎一个草编的袋子，像在南法的沙滩上晒太阳的女郎一样一扭一扭地出现。阳光和她的笑颜融在一起，亲密无间。

　　"哦，对了。我是不是没有跟你说？我是一个单亲妈妈。"

　　她抿掉唇边的奶泡，嘴角的弧度不增不减。

　　我后来几次受邀和她们母女二人一起玩耍。四岁的艾丽丝懂事又乖巧，自来卷的头发像毛茸茸的帽子顶在头上，皮肤是健康的小麦色，弯弯的眼睛总有笑意。但她总是要吃药。别的小孩儿，饭前饭后的加餐是水果、饮料、冰激凌，艾丽丝的加餐是土浆一般的中药。我后来才知道，艾丽丝患的是免疫性血小板减少症。和我这种从小为血稠发愁的人正相反，她的血小板指数常常只是个位数（正常值应在 100—300 之间）。

　　艾丽丝妈妈在四年里求医问药，早已练就了纵使没有可根治的药物也不慌张的本领。孩子一入冬便流鼻血，她可以沉下心观察：是不是能自动停止？可以，就不理会、不焦虑；半晌仍不停，即刻抱起孩子去医院排队打针，有时一周，有时半月。

　　儿童医院的点滴室是她们母女的乐园：艾丽丝坐在小车里输液，艾妈在她面前唱歌、跳舞、学动画人物。同事、客户打电话来催方案，她一手抱着、哄着孩子，一手处理"兵荒马乱"的工作阵地。

幼儿园的孩子正是爱调皮的年纪，却又得了怕流血的病。于是艾丽丝妈妈发明了各种安全的玩法：在游泳池憋气玩儿剪刀石头布；在家里置办咖啡机，试营业"艾丽丝咖啡厅"；安排所有的玩偶们坐在一起，听艾丽丝小老师讲故事。

我说她是伟大的母亲，她不以为意，笑说："我充其量算是比较有创意的妈妈而已。我不想因为她生病了我们就不能好好生活。她的人生要快乐，我的也是。"

小 V 妈妈

认识小 V 妈大概十几年。她刚谈恋爱那会儿还是大学生模样，如今有了两个儿子，依然看不出年纪。我若和她并肩走在校园里，大概率会被当成导师和其研究生。V 妈是实打实的学霸，高考是北京的前三名，北大毕业后在某外企工作了几年，接连生了两个孩子后留在家中相夫教子。我一度感叹这选择是不是浪费了大好前程。但看她的朋友圈总是莳花弄草的日常，以及两个虎头虎脑的孩子，也不好再质疑岁月静好的多元化标准。

年初的聚会，她带了两个孩子一起。大儿子已经上小学，跑跳着自顾自进来；小儿子坐在儿童车里被推进来，又一把被抱起放在宝宝椅上。两米直径的包间大桌上，我和他们分坐直径两端，距离最远，我只觉得小儿子话不多，大脑壳，兀自想：大概是像他妈一样的学霸胚子。虽也隐隐觉得有些不对，但转念又觉得没给人家换过一张尿片的自己无权多问。

饭局过半，小 V 妈来分发礼物。我因为给人留下的根深蒂固的布尔乔亚式形象，获得了咖啡礼盒。散场后，我边开车边喝着她送的咖啡，想了想措辞，发了条简单的微信表示感谢。她周到地发来咖啡的购买链接。

一阵儿过后，又补发了一条："你们是不是都不知道小 V 的具体情况？他早产，当时窒息缺氧，运动方面整体落后，所以到现在还不能独自站立和行走。这几年一直在做康复训练。"

不好的预感被验证，我心里憋屈又懊恼，把手机拿起又放下，很久也敲不出什么俏皮话。倒是 V 妈又发来消息："最近不能每天去医院做治疗了，现在请康复老师上门，除了费用比较高，别的都还好。小 V 虽然比较波折，但遇到的人真的都挺好，也算是有福的。"

我盯着最后那行"也算是有福的"晃神许久，又想起她这些年的朋友圈，莳花弄草，岁月静好。两个孩子虎头虎脑，有说有笑，好像没有烦恼。

安安妈妈

安安妈算是我中学的学妹，虽然彼时并不熟悉。上周她经人找到我，想打听是否有认识的人在盖茨基金会。我想起唯一认识的姑娘几年未见，怕是已经离职，不敢贸然应下来，只问了有何事，我来试试看。于是她约了时间打电话过来。接通的开头，她非常礼貌地感谢我，然后开始讲述她女儿安安的情况。

安妈的描述字字清晰，逻辑明确。二十几分钟的电话里，把女儿被确诊为罕见病——原发性高草酸尿症的时间点，病症的特点、原理，以及她在过去一年中联系过的中国、美国的相关医院、机构、药厂和公益团体一一讲与我。末了，她告诉我她现阶段在尝试联系一些基金会，申请资金、药物或临床试验的支持，这也就是她找到我的缘由。我虽已经不是第一次听类似的故事，但仍惊讶于她讲述之从容，态度之镇定。那些专业到我连全称也记不得的名词和原理，她像是已经讲过百遍、千遍一般，细细地说着。

挂了电话，她又写了千余字的情况概述发给我。我之前认识的盖茨基金会的姑娘已经离职，也透露基金会在中国没有过类似支持的先例，恐难实现。我实在不忍这是唯一可回复给安妈的消息，苦索地读着她发来的文字，想遍通讯录里可联系的人。辗转找到了几位国内罕见病领域的专家和美国相关领域的医生，后经证实，安妈都已经联系过。她更是已确定并组建了由国内十六个该病的患者或其家人所组成的小团体，为全世界唯二可能的临床试验做着争取和准备。

安安满一岁抓周，一把抓了五个葫芦。老理说这是"福禄"

之意，更有人说抓到葫芦，是要做医生悬壶济世、救死扶伤。而安妈的愿望只有六个字：找大夫，治好她。

"有一线希望我也得试试，这是条生命啊，得救。"

希腊神话中如果没有护子心切的忒提丝，便没有骁勇善战的英雄阿喀琉斯；《山海经》里的女娲不仅用黄泥造人，更凭一己之力补天止水。人们常把孩童唤作天使，我不完全认同；但是那些坚韧的母亲们，却常常让我看到了神力。

3. 和中年创业者的春日对谈

我开始做第一份工作，大概在十六年前。可能由于思想迂腐，在之前很长的一段时间里，我只是本着"拿人钱财，便要给人干活儿"的直白思想而工作，并不知道诸如"自我实现""个人价值""职业发展"这些当下高频词。这导致我从不曾想过创业、做老板、开公司，只觉得恪尽职守、按时领薪水回家便是天大的喜事。

但在我的闭塞世界之外，中国每年新注册的企业有两千万。也就意味着每年新增的"老板"们手拉手大约可以绕地球一圈。当然他们中的多数人，绕不了几天就要打道回府，因为中小企业的平均寿命似乎也只有两三年的光景罢了。纵使是集团企业，也不过七八年。前阵子有篇名为《卖了四套房，创业十二年，如今负债一亿无家可归》的文章在朋友圈颇为流行。我想起周围几个算不上年轻又说不上老的"老板们"，便借采访之名和他们相约，窥探中年创业者们的故事。

R 总

创意制作类公司　创业五年　公司员工约三十人

　　R 总和我相识二十几年，彼此互知的狗血事可装满几个箩筐。依我马后炮的视角来看，可以说他读中学时已经有了几分领导的气质。虽然算不上全能的体育健将，但他做了好几年的学生会体育部部长，更和我们其余几人勾结起"小团伙"，常常老师也要让我们几分。

　　但他当年要创业时，我是颇有些惊讶的。不光是因为彼时他的另一份选择是阿里 P8 级别的职位，也是因为我和他熟稔之深，难免要担心他自挑大梁压力太大。R 总是复杂的综合体：一方面，他是被人环绕的"头狼"，骄傲而自负；一方面，他也是敏感而深情，无法做什么狠事的老好人。

　　如今时间一晃，R 总已创业五年。我问他公司状况如何，他呵呵笑着调侃："说不定今年就死了。"这当然是笑谈，但或许也是五年撑过几次死局的经验之谈。

　　R 总的公司做视频影像，主攻新款手机、豪车的发布会。虽然听起来夺人眼球，但关联方多，话语权弱。接洽一个项目，往往是从品牌到总包公关公司，到分包公关公司，再到 R 总团队之手。沟通之烦琐不谈，账期总是大问题。公司创立第二年，就遇到上游的公关公司倒闭，欠下上百万的尾款无处追讨。于是公司第一年账上的盈余全部填了窟窿。我诧异于他们两个创始人第一年赚到的钱居然留下了，没想着各自分钱，用来买车、买表。R 总露出中年人的得意，说："因为我们两个创始人都是金牛座。"我俩相视大笑。

我老说自己越活越迷信，此话也可以放在 R 总身上。反观这五年的公司发展之路，他毫无顾忌地表达着宿命论的观点："所有的成功都是随机的，都是运气。"

我当然比 R 总还唯物一点儿，相信运气既是宿命的选择，也是自身的机缘。这种因为创始人都是"守财奴"星座，所以躲过了财务危机的案例，并不是放在每个 4 月下旬，5 月上、中旬出生的老板身上都行得通的。技术的机遇大概更能证明我的观点。2021 年，R 总的公司硬着头皮使用了一个彼时业内还无人应用的虚拟技术，用作某品牌手机的全球发布会。其效果，至少在 R 总看来是极差无比的。而制作的磕绊过程，大概像是买了一台多功能料理机，以为把食材丢进去，鱼香肉丝就出来了，结果一塌糊涂。于是只好把青椒、木耳、胡萝卜和肉丝都摘出来，一一洗净，拿了炒菜锅重新做一遍，再放进料理机，假装高科技。要是我，大概立刻要臭骂这破机器，退款，重新用起铁锅、燃气灶。但 R 总的团队硬扛着，逐渐摸索出使用之道，渐渐成了应用这项技术的业内领先者。

但危机是永远的。技术日日更迭，公司人心聚散。困难期，没有项目和入账，R 总便把员工薪水降到原本的百分之六十，想撑一撑，核心制作团队便离职了三分之二。我问他心里委屈吗？他表情平静地讲："没有经历过的人，是不会换位思考的。员工只会想我凭什么没工资，不会想公司没有活儿的时候工资是从哪儿来的。所以怪不了任何人。"

R总有一年在深圳拍摄，零碎的事情和项目不断变化的需求搞得他焦头烂额。他站在搭建而起的偌大场地里，恍惚地想着自己这是在干什么。一个和他相识十余年的老制片走过来，拍了拍他肩膀，跟他说："哥，你知道吗？今天现场这五十几个人，因为你，可以有工开，有薪水拿回家，去交房租，去养家人，去过日子。哥，你想想这，就够了。"

遗憾当然是有的。R总的女儿和公司几乎同岁，所以在创业的这几年里，他错过了很多段女儿的成长经历。我问他如果可以再选一次，要选择更能陪伴家人的工作吗？他坦然地拒绝："这一点我是自私的。对我而言，实现自我更重要。"

S总

环保教育类公司　创业五年　员工五人

三十三岁的S总有着少女的模样和气质。我最初和她说"中年创业者"这题目时，她尖叫着拒绝，并不想和"中年"二字扯上关系。

嬉笑一会儿之后，她又温柔地告诉我：据说人活到三十三岁会经历一次自我觉醒和重生，所以今年大概是我四十岁前最后一次折腾了吧!"

S总大概一直在"折腾"。她从美国顶级的文理学院毕业之后,跑去旧金山的一个小型公益组织工作:每天进工地、建学校,好不容易稳定下来,她又搬去了朋友家花园别墅里的独立客房,过上西海岸华人理想中的模板生活。后来她又跑回国内,为一家公益机构建立中国区的办公室。办公室建好,可以有机会扎根发展了,她又跑去英国读书。一连读了两个名校的学位之后,她收到麦肯锡的面试邀请。

纵使几年过去,S总在形容起那次面试经历时,还是有种全身的不适感。那是高级咨询公司惯用的风格:冷峻、严肃、标准化。笔直的走廊两侧是深色磨砂玻璃切割出来的一个个盒子房间。推门进去,每个盒子里有着一模一样的构造,和几个看似不同的人。

"我面试完,觉得自己只剩半条命。"S总笑着说,给我杯子里又添上水。

于是创业成了S总自然的选择。最初的两年,S总不停地往返于中国、非洲和南极,一半时间在船上和飞机上,剩下一半时间在北京,她的"居所"是朋友家客厅的沙发。

S总创业的第一个项目,便是常人难以企及的南极旅行。之所以选择南极,是因为她拥有专业的知识,和十余次作为探险队员赴南极科考的经历。可即便如此,带着一伙人去到地球的最南端,其不菲的成本、途经各地的不同政策和难以预料的自然环境变化，足以使 S 总的创业开局便进入"困难模式"。

　　S 总第一次做南极之旅的那一年，距离截止时间只剩下二十四小时，她只有八个预订单，而她需要十五个人才能成团。如果当时取消，她会亏损三十万；如果不取消继续做，她要赔一百万。她选择了继续做。她说是老天在帮她，最后一天，奇迹般地新增了八个客人。我问她是之前毫无联系，从天上掉下来的八个人吗？她又露出腼腆的神色，解释说："是我给所有认识的人打了一圈电话啦。"

　　S 总和她的小团队是在不断的革新中求生存。没法儿去办公室的时候，他们聚在 S 总家胡同深处的二层阳光房里工作。S 总亲自给大家泡茶、煮饭，不像是个老板，更像是个老妈。她说创业就像养孩子，之前的两三年里公司就像没断奶的婴儿，当妈的总要操持着一切。如今五岁了，孩子该上幼儿园，她这个妈也可以轻松些了。

　　我笑道，身为一个"单身少女"的她怎么把这养孩子的比喻讲得如此精准。她笑弯了眼，跟我讲"自己也是个孩子"的故事。

　　那是初夏的傍晚，S 总和团队在一个室外花园里举办有关环境保护的展览。正式的议程结束，客人散去，只剩下公司的同事们。大家忙完了工作，开始放松地聊天、喝酒、吃东西。S 总玩着不知从哪儿来的吐泡泡机，把一波又一波晶莹的泡泡吹满整个花园。

就在花园隔壁房间里，坐着几排对着电脑加班的人们。S总就兴冲冲地把泡泡机从办公室打开的窗户伸了进去，向着那些敲着键盘、盘算着世界大事的人们发射肥皂泡泡。靠窗边坐着的人先察觉了，扭头看她，露出"这是哪里来的疯女人"的表情。而S总早就一溜烟儿跑走，伴着泡泡机放着的小曲儿，自顾自地在落日的余晖里跳起舞来。

她的员工后来跟她讲："看你那么想要把快乐带给别人的样子，我真的愿意为你拼命。"

而她自己说："如果在大公司，可能我每天都要找人生的意义。现在的我不用找意义，我过的每天都有意义。"

Z老师

教育咨询类公司　创业八年　员工约十五人

Z老师是我常常写到的对象，因为她实在太有趣。生活中的她是迷人的女郎，不管在私下还是在公众场合，总是摇曳着腰肢，像迎着风的花儿一样。工作中的她是机敏和狡黠兼备的女企业家，在教育政策大刀阔斧改革的这两年，她像个沉稳的老船长一样，扭转方向，乘风破浪。

我去过她之前的办公地，八百多平方米的大平层，有学生学习、运动、读书、吃饭的各个功能间。"双减"政策落地后，她们退租了这个办公室，遣散了教学岗位的员工，探索新的商业模式。

我问她关掉一个有那么多回忆的地方会不会难过，锁上大门的时候有没有几分悲秋之情。她看起来没有什么眷恋，果断地说："没有。关了就关了。我要想接下来怎么活下去。"

Z 老师是一个对名和利都没什么执念的人。自己开办学校之前，她是中央电视台的翻译，老家的亲人可以每周按时在电视机上看到她。创业之后，她又辅导了不少顶级阶层的孩子。但 Z 老师总是穿着质地柔软的丝绒上衣、各色的瑜伽裤，拎着自己公司的帆布袋或草编篮，少有老板的样子。我俩认识几年，没谈过什么衣服、包包的牌子，也全然不聊时尚的趋势。她开口闭口说的，永远是学生的事。

她会说她是如何把一个没考上公立高中的学生培养进了顶级的英国学校；会分享一个从来不去孩子家长会的爸爸，为何如今连在外地出差都要赶回来，场场不落地开家长会。我有时和她一起在美甲店消磨时间，她接起家长的电话，一讲就是个把小时。她不谈一句学生的成绩，对学生和家长更是没有半句指责，总是用带着吴侬软语腔调的小烟嗓低低地说："某某妈妈，孩子今天跟你说这个问题，我觉得是一件特别好的事情，这是你们沟通上的一个进步。你也做得很好。"

我常笑她收一份教学生的钱，结果要教一家子。也就是这样的 Z 老师，在不得不放弃老师身份之后，依然会说："我支持'双减'。它虽然让我的生意暂时没了，但能够减少无效学习，还给孩子们更多的娱乐时间。这是件好事，我是高兴的。"

我知道她在最难的时候，要抵押老家的房子，要向银行借款。而离开的员工中，有当面表达不满的，有背后说坏话的，也有另起炉灶做原有客户生意的。她不是完全不在意，但是过去了就过去了，几个月之后，她不再提，我也不再问。要迎难而上者，忘记是个必备技能。她说："离别大概就像是幼儿园小朋友开派对。因为实在太快乐，所以派对要结束时，有人要哭，有人要闹，有人尖叫着咬人。"

当然，要 Z 老师放弃老师的名头是不容易的。她不但一早就是获得了认证的家庭教育讲师，最近几个月还拿下了瑜伽教师的资格。她说自己无论如何都热爱教学，教什么不重要，重要的是在教学的过程中，收获能够改变他人思想和生命的可能。

K 总

互联网体育类公司　创业八年　员工约二十人

并不是所有的创业者都是理想主义者。像 K 总，就总是露出一副早已看破红尘的丧表情，他直白地承认："我当初创业就是被迷惑了，想当一个受人尊敬的大老板。"

"可现实呢？"K 总用拇指和食指比画出一个蚕豆大小的空隙，说："现实是你的理想在真实世界里根本不堪一击，轻易地就被碾碎了。"说完，他两个手指轻轻合上、捻动，摩擦出一点儿苦涩的声音。

K 总其实算得上是个富二代。父亲身处政府机要部门，母亲是一早下海的企业家。不过他身上没有纨绔子弟的气质。在母亲公司里打工时，只是领每月一千八百块的工资，和其他工人一样，开着小面包车满城送货。他最初创业时做的是互联网金融，没几年赶上国家政策的变化，又转而做体育和赛事，本是顺应全民体育的热潮，又赶上突发情况，大型赛事无数次被延迟和取消。谈及这五年遇到的难事，K 总并不想展开聊，只是轻描淡写地说："你能想象的我都经历过，就不说了吧。"

K 总虽没有展开，但只言片语中透出的是对人性不再有期待。他说这可能是一种自我保护机制，毕竟经历得多了，总要找到一个自我和解的方式。他并没有要咒骂的对象，也谈不上悲观厌世，只是会一边抽着电子烟，一边感叹说："这世界上没有绝对的好人，也没有绝对的坏人。只有好的体系和坏的体系。好人在坏体系里一样会变坏，只不过变坏的速度可能慢一点儿而已。

"想开了，所有的事情本质上都是交易。别人愿意来利用我，证明我还有交易价值。这是好事。"

K 总有时候会在城中村游荡，和推煎饼摊、卖烤香肠的小贩们聊天。他跟我讲一个煎饼摊主，每天要怎么招揽客人，怎么提防同行，怎么躲避城管。他告诉我每个地方都有自己的生态系统。城中村的每一个小贩，每一个收垃圾的人，每一个送快递的人，包括巡查的城管，都是这个生态系统里的成员，都有自己的角色。

"本质上，卖煎饼和做金融公司都是一样的。"K 总说。

生意一直在沉浮的 K 总，这几年做了培训 MBA 面试的兼职老师。在我俩漫长的午饭时间里，只有谈到这段经历时，他才露出不加掩饰的笑意。他说如果给他再选一次的机会，他不会做现在的行业，而要做些服务他人的行业。他说："我踩过的坑，对我来说只是坑。但是如果对别人来说，这些经历能帮他躲过坑，那这些事就变得有价值多了。"

当然对于要不要创业这件事的反思，他又露出了悲观的现实主义观念："没什么事别创业。'被别人看见'这事儿，没那么重要。"

L 总

健康个护类电子消费品公司　创业九年　员工约一百二十人

以世人的标准看，L 总的公司算是发展顺利的。产品常年在同品类中有着高竞争力，现金流和团队皆稳定，几轮的投资人都是耳熟能详。但 L 总似乎一直保持着异常的冷静。我问他经历了几轮投资，是不是上市有望了，他说："每个阶段的投资人都有他们自己的目标，选择了我们只是在布局而已。"

工作中的 L 总有时候像个人工智能机器人。"理性""逻辑""规则"是他的标签。他谈起开公司的感受，没有其他人那种被人情牵动的撕扯感，他全部的欣喜和沮丧都来源于数据和报表。在他的描述里，公司更像是一块原石，在各种尝试和打磨中，逐渐雕刻出他脑海中的模样。这大概源自他坚守不和同事做朋友的原则。他总是有意识地和朝夕相对的人们保持着一定的距离，于是和人的集合体自然也就没那么亲密。有时，他和合伙人起争执，会甩手说："反正这也不是我的公司，这是投资人的公司。"

但生活中的他不是这样。我是和他去夜场买醉过的人，知道他玩起来是最有趣、最洒脱、最认真的人。无论是看展时想研究大画家的笔触，还是吃喝时想品鉴和牛或红酒，他都是最好的伙伴。如今好几个成为我据点的餐厅，都是 L 总当年带我去的。可他尽力不把这些带到工作里，在工作上他总是维持着"机器人"的设定。唯一一次人工智能断电的时候，是 2017 年他团队里的一个核心成员，他唯一愿称为同事也是朋友的人，离开了公司。L 总的抑郁症当天晚上即刻发作，人直接瘫在床上，怎么也起不来。

他说，那种感受不像一颗柔软的心被扎了刀，而像本来是钻石般坚硬的心，那一天被敲碎了，留在身体里的，是碎屑和尘埃。

L 总开公司九年，几乎没有遇到过重大的财务危机，在其他互联网公司用钱拉客再算成本账的时候，L 一早就实现了软硬件的盈利。团队的规模从初期的九十人到如今的一百二十人左右，也始终大体稳定。但 L 依旧动过几次离开的念头。或许是因为与合作人的争执，也或许是出于完美主义者对公司现状恒定的不满。我们通话的时候，他第一个小时可以轻快地讲最近一系列的成效，散发着狮子座的成就感，但到电话末尾，他又说还是要等到七八月看看公司情况再决定是不是一直干下去。

可 L 总是我相信注定要创业的人。我周围因为别人的只言片语、眉眼高低就瞻前顾后的人太多，所以 L 总这般多数时候能把生活和工作分得开、拎得清，重效率而不是人情的人，至少我窃以为是老天爷给了创业饭来吃的。可他自己倒表示如今非常想去大公司工作看看。原因也不算难猜，因为他要"去学学别人是怎么把公司做大的"。

L 总对金钱是有目的的。不过和大部分人瞄准的平层大豪宅不太一样，他的目标是挣够去火星的船票钱。在这个愿望没实现之前，他退而求其次的方案是去澳大利亚做个农场主，养牛放羊。我笑他是罗翔老师批评的那种"只爱全人类，不会爱具体的人"的人。他说我说得没错。然后在挂电话之前，他说："谢谢你，我今天聊得很开心。"

想到"中年创业者"这题目时，我心生得意地想：周围有好几个优质的素材对象，这次要好好写下来。待到真的和五个朋友对话几十个小时之后，我发觉自己根本是想一口吃成个胖子。每个人有每个人的故事。悲不同，喜亦不同。

我和 R 总在时髦女郎们出入的三里屯街头喝咖啡，递给他上次聚会时忘记带走的帽子，他即刻戴了起来，盖住微秃的头顶，免去讨论中年男人的植发焦虑。为了治疗腰椎间盘突出，他一度努力健身，如今却常常要上两天休一天，已经不可避免地在腰部套上了"游泳圈"。他上一秒嘴硬地讲着自己的事业比家庭更重要，下一秒在我说起我们一个共同朋友的孩子已经不在人世时，吧嗒吧嗒地掉眼泪，害得我赶紧把擦嘴的纸巾撕了一半给他，笑他是只纸老虎。

S 总赴约的时候，穿着墨绿色的上衣、白色的牛仔裤、咖啡色的小皮鞋，她蹬着一辆小黄车，远远地和坐在茶店门口的我打招呼。我俩窝在光线充足的二楼喝着康普茶，一聊就是四个小时，害得她晚上的约会迟到。回家后，我看了她的 TED 演讲，读了她和几位赴南极科考的女科学家们合著的书。我想，企鹅固然是可爱至极的，但是如果要我在德雷克海峡晕船一天一夜的话，我情愿在我身边的是说话柔声细语且让人安心的她。

我和 Z 老师在京城"塞纳河畔"晒太阳，看来来往往的人们打卡好春光。我喝了杯黑芝麻拿铁，牙缝里全是黑黢黢的芝麻碎，她依旧找足各种角度拍我写笔记的样子，赞我是最美女作家。其实在她不得不遣散部分员工的那天晚上，她给我打过电话。她一个人走在回家的路上，背景里有夜的静寂，她微微地喘着气，语气里满是强打的精神，酸楚和委屈压在心里，但我好像听得见。

　　K总每周一、三、五健身，二、四、六打橄榄球。所以我们约了他空闲的周日吃五道菜的法餐。餐厅以为我们有人庆生，结尾处送了额外的蛋糕来。我问他要不要吃那么多甜品，他憨笑说："没事，我热量缺口大！"即使在最装腔作势的餐厅里，K总身上也总有一种粗粝的质感，那像是从泥土中长出来的黝黑和质朴，让我总是觉得不管风雨怎么来，他都有一丝顽性可扎根大地，用他自己的话说："打球为什么选防守的位置呢，因为我这个人就是抗造。"

　　我和L总有次在好运街的日式小酒馆喝酒。调酒师雕出大颗的冰球盛在厚玻璃的酒杯里。L接过酒杯，浅浅地喝了一口，顿了下，然后把酒杯推向我，说："你看，这冰块的纹理，像不像流星？"这两年他因为工作离开北京搬去深圳，除了非常少数的行业资讯，不发什么朋友圈。我约他采访，他即刻便答应了，一聊就是两个小时。末了，我虽然知道他不是那种需要情感价值的人，还是忍不住唠叨："没事可以给我打电话的。"他答应着，又说："嗯，可我不知道你什么时候有时间。"

　　北京的春天是悲喜交加的。有风沙、柳絮和雾霾，也有吐芽的新枝、灿烂的桃花和久别的蓝天。于是这场在春日里和中年创业者们的对话，似是有些应景的味道。

　　我想，对于大部分公司而言，这都不是一个好过的春天。但我相信：挨过春天，越过夏天，秋天总会来的。总有一年会在春天播种，在秋天收获。

4.成为女博士

大约十年前，不知哪阵妖风刮来个说法，称这世界上有三类人：男人、女人和女博士。玩笑话是肯定的，毕竟这是毫无逻辑的分类。若照"从事该职业的较少性别"来类比，那世界也大可分为：男人、女人和男护士，男人、女人和男家政服务员，男人、女人和男奶妈。

但不说笑话，无论男女，可将学问做到冠以博士的头衔，一些场合下须用"Dr."称呼而不是"Miss"的人，大概都有些特性。我怀着探秘的心情，采访了我身边的四位女博士，将她们成为女博士的一二事，记录如下。

S博士

同济大学　生物学本科

荷兰瓦赫宁根大学　营养学硕士

荷兰马斯特里赫特大学　毒理学博士

现居瑞士　就职于某世界五百强企业

S博士是我身边最早冠以博士头衔的人之一。她大眼睛，短头发，说起话来语速极快又伴着笑，纵使十年过去，也是令人愉快的聊天对象。S博士早年在荷兰的小镇读博士时，我曾因出差去探望她。从阿姆斯特丹转火车，终于到了她所在的念不出名字的小镇。我在车站等她来接，路边的草坪散着"稚气"。等了不大一会儿，便看她蹬着自行车从远而近，彼时她已怀孕八个月。

我那次访问，参观目的地之一便是S博士所在学校的实验室。我颇为自豪地和随行同伴介绍我的老同学S博士及其科研领域——毒理学，吓得同伴瞠目结舌："你同学怀孕大着肚子还进实验室做实验？！"但S博士一直没有把孕期当回事，轻描淡写地跟我说："我的实验大部分都做完了，剩下的也不多。再说，我周围一直都有其他同事怀孕、生孩子，我不觉得这是个大事。"

我不免有些好奇地问她，当初是怎么选的研究方向，毕竟营养学、公共卫生这些如今大热又看似安全的领域都在她可选的范围之内。她在屏幕另一侧忍不住笑起来，插空给二女儿调了下手机设置。她咯咯地笑了一会儿才说："其实当时就是看'毒理学'这个词，觉得挺有意思的，我就学这个了。"

"这么任性地选择吗？"我也跟着笑起来。

"我做很多决定都是凭感觉来的。"她笑着思索了一会儿，又补充，"我觉得有趣，吸引我，就去做了。并不是真的深思熟虑以后做的决定。"S博士这话如果不是知她禀性的人，大半会觉得她是得了便宜卖乖。毕竟她博士毕业之后所在职的企业都是五百强。但她一开口解释，博士的逻辑尽显：

"没有人能在做决定的时候掌握 100% 的信息。我们能收集到的信息有 30%~50% 已经不错了。所以基于自己所知的信息，做自己最满意的决定就好。做好自己能做的，路都是走出来的。"

我一边深以为然，一边掏空我最后的中国式关心："那你的先生、父母，对于你学的专业，包括做这方面的工作，有没有过顾虑？"S博士摇头。我突发奇想，坏笑地追问："你该不会是周围有杂音也不知道吧？！"

屏幕那边又爆出持续不断的笑声，S博士笑弯了眼睛："对！我可能太专注做自己，根本听不到杂音。"

C 博士

北京大学医学部　护理学本科

荷兰瓦赫宁根大学　城市环境管理硕士

中国农业大学　农学博士

现居北京　就职于某国家级研究部门

C博士是我和S博士的高中校友，其美貌一直是校际的传说。人常说"Don't judge a book by its cover"，C博士这种女生就属于封面是性感写真，里面是生物学讲义，吓你个措手不及。所以每当有人在饭局上介绍她是女博士的时候，席间人最常有的反应是："原来还有这么漂亮的女博士啊！"

C博士虽然美且自知，却不影响她博士水平的货真价实。虽然生活里的她一副十足的贵妇模样，但她学术研究的领域却是土地荒漠化的防治。在北京混迹的是三里屯夜场的卡座，做研究时扎根在环境恶劣的边境村寨。饭局上的人或许被C博士忽闪的睫毛和微笑的梨涡蒙蔽了眼，觉得这样的小姑娘自然是每天做做美容、做做头发，装模作样地做事就好了吧。其实追求极致的心，在哪儿都一样。

C博士可以为了美自己给自己打医美针，也可以为了保护科研成果和乡村恶霸打架。我心疼她被打肿的眼眶和滞留在派出所的遭遇，C博士毫不犹豫地反驳："这就是我读博的成长。"

其实C博士成为博士的道路几经波折。高考成绩不理想，专业被调剂。第五年住院实习期间她一度萌生退学的念头。"那时候要是真任性起来，我现在就是高中学历。"她笑着调侃人生的岔路。保研时出现差错，去荷兰留学时转校换专业，回国读博时又不是导师的首选。这些旁人听起来每件都足以拦截前行之路的事，如今都被C博士云淡风轻地用两句话带过："我从来不觉得我是第三类人。我相信所有叫我C博士的人都是出于认可和尊重。"

最近的C博士，除了做本职工作外，白天在京郊学习操控无人机，晚上为罕见病协会做兼职。我问她关于读博有没有什么后悔的事。她说："没有。有时间我还想再读一个。"

Q 博士

某985名校　动力工程本科

某985名校　流体机械及工程硕士、博士

现居北京留校工作

　　Q博士或许是大部分博士奋斗者的目标了。顶级高校出身，一路本硕博，博士出站后留校。虽不是教学岗，但也是专业门槛颇高的科研支持岗位。在学术密度极高的海淀区学院路出没，并享有子女上学的优待政策。

　　我和Q博士约在胡同咖啡厅喝下午茶，聊聊她当初读博的缘由。她照旧喝着美式，回答坦率到吓人："就是找工作时候的'拖延症'嘛。本科毕业不想工作就读研，研究生毕业还是不想找工作，就读博了。"

　　我当然觉得这是来自学霸的"凡尔赛"，毕竟她在读博期间，有将近一年时间都被导师派去参与某个大型项目的论证，真在做自己项目的时间较别人更少，却也如期毕业。虽不用特意炫耀，这实力也是铁证，但Q博士没有所谓的清高和自持。我隐约知道在一些学校帮导师做些"鞍前马后"的琐事算是硕士和博士们的必修课，Q博士也的确在不短的时间里做过司机、跑腿甚至家庭出纳。

　　这种现象的对错论是庞大的话题。但问起Q博士，她并不怎么烦恼，倒是饶有几分狡黠和自豪地向我说起如何得到导师的信任，得到更多的机会。我为她的通透鼓掌。有的事做与不做的本身未必带来烦恼，恼的是又做又不甘心。

目前单身的Q博士总是大方地在交友平台写明自己的博士研究生学历。我问她有没有考虑过隐去自己的女博士身份，Q博士吃下一口慕斯蛋糕，说："不会。这样刚好筛选掉一些不合适的人。"

晒着北京春光的下午已到尾声，Q博士忽然想起些什么，翻出手机，笑着给我看："这是我妈最近转发给我的文章。"我看那标题赫然写着——《相亲一百次失败之后，我选择自助生子》。

我俩齐笑，饮尽杯中的咖啡。

R博士

大连海事大学 英语本科

美国曼达尔大学 工商管理学硕士

美国西部某州立大学 教育学博士

现在某藤校工作

R博士刚刚完成她的线上博士答辩，算得上一名新晋博士。我因工作和她相识，初时便被她身上满溢的活力所折服。她热爱跳舞、冲浪、滑雪，做着一份要满世界出差的工作，要供养父母和一个还在读书的妹妹。如此，她仍读完了教育学的博士。其精力和决心令每天都只想着喝咖啡、吃甜品、看书、泡脚、早睡觉的我感到羞愤难当。

R 博士从小就有老师梦。小时候她过家家的方式从来都是安排表弟表妹在姥姥家的沙发上坐成一排，听她讲课。后来到美国读书，她一边在校工作，一边读完了硕士。她博士研究的领域是教育的公平与平等。我问她是不是经历过什么，才选了这个方向。她露出标志性的微笑，点头应我。但其实故事并不是发生在她身上，而是她彼时方到美国读高中的小妹身上。

缘由是小妹有一天回家，兀自哭起来。因为在那天的历史课上，美国的同学与包括她在内的几位中国同学的观点针锋相对，最后美国同学甚至到了有些欺人辱人的地步。中国家长联合起来去投诉，而校长给的官方答复则是"每个人都有表达自己观点的权利"。

"我妹是一个从来不会哭的人，有什么事她都会忍着。所以看到她哭，我心疼坏了。"R 博士每当说起妹妹，总不免露出慈母般的神情，"于是我就决定，要把教育的公平和平等不断地推动下去，让每个老师、每个教职员，都能更好地面对拥有不同背景的学生"。

人文类学科的研究有时难免被打上"虚空"的标签，尤其与工程学科清晰量化的标准相比，对于"教育的公平与平等"这样难以言表的概念的研究，并不是每个人都能一头扎进去。R 博士虽然也不再和远房亲戚们解释自己所学的专业，但是和我说起研究来仍露出痴迷的目光。"你相信吗？我有时候早上醒来，想到今天该看某某方面的数据了，我甚至有心动的感觉！会立刻爬起来开始一天的工作。"我想，大概只有能被梦想唤醒的人，才能沉下心做远方的事。

读博的中途，R博士自己和家人接连遇到变故，在兵荒马乱中休学了一年。私事厘清之后，她又重拾铠甲，终于顺利答辩结业。我和她通话时，她正在三亚的房子里晒太阳，她妈妈在阳台收衣服。

我听说她妈妈给她相亲时提到女儿是一位博士，即刻吓跑了对方，我忍不住和她妈妈开玩笑："下次给她相亲，还要说她是博士不？""不说咯，不说咯！"她妈妈露着不好意思的笑容，连连摆手。"那要骗人家吗？""就遇到合适的人，再等他慢慢接触之后自己发现吧。"阿姨藏着几分骄傲，对我笑。

R博士自己对于婚恋问题，保持着和学术研究一样的长期主义思想。她说："我相信婚姻，也相信爱情。或许是我八十岁的时候，在意大利的小城，路边的餐厅，喝着红酒，遇到我的真爱。那也很好，不是吗？"

我想，被妖言诬成"第三类人"的女博士们和普通人没什么两样。恋爱，分手，结婚，离婚；找工作，换工作；被领导排挤，和同事吃消夜。若要说特性，似是有一点：她们都深刻地感知着自我的有限，因而总怀着谦卑的心去学、去看、去做事情。

所以写下这些女博士的故事变成了一件似乎毫无意义的事。

用 S 博士的话说:"只能当个故事看。毕竟人生都是不可复制的。在我身上管用的,不一定在别人身上同样管用。"

可我还是想写一写,并不是为了给后辈的"女秀才"们当作什么榜样或目标,只是写来看看,让人们知道还有这样的女博士们。而你当然不必活成她们的模样,因为她们的剧本已经有人在演了。你只要做好你自己。

5. 我认识的老师们

从 2015 年到 2022 年，我在国际教育行业混迹七年有余，大概是给自己好为人师的毛病找到了最合宜的门路。最初戴上"赵老师"的高帽时，我也犹豫过。既没有考过教师资格证，又没有手把手教人高考提分的本事，总觉得配不上这声老师。

后来自我宽慰："传道、授业、解惑"，我努力做其二，也算不枉虚名了吧。再后来工作做得久了些，认识的老师们多了些，越发觉得：知识的力量比不上思想的力量。当个"好老师"远不及做个好人要紧。暂别祥和如年画般的教育圈时，想着也该写写那些我认识的老师们。

P 老师工作的 K 校建校时间不足十年，却已是京城知名的民办国际学校。倒不是因为这里每年会张榜名校录取学生名单，反倒是因为相对于"做题机器"，这里的孩子更像个"人"。我和 P 老师最初的相识便是因为工作。他是国际学校升学界的先驱，仅靠公众号的专业文章便收割粉丝无数，所以总难免留下清冷、不可攀的印象。但我开始在公众号上写些风月小文的时候，P 老师便毫无架子地和我攀谈起来。再往后，我每每去他所在的学校，都会和他亲切地聊上几句。

记得一个周日，我带学生在 K 校培训，安顿好之后便跑去教师休息室自得其乐地煮咖啡。P 老师和家人住校，那天正赶上他巡视校园。见了我，他便拉了椅子在圆桌旁坐下。远处教室里隐隐有学生们咿呀学英文的浅声，我晒着太阳，闻着煮沸的咖啡香，听 P 老师讲他大学时是如何每周坐几小时的公交车，跨江去赴诗社的约。所以 P 老师这种熟知海外大学申请体系，和诸多藤校教授说得上话的人，在 K 校带学生们上诗词赏析兴趣课，一点儿也不奇怪。而我也越发觉得：文学和艺术虽不能直接带动生产力，却是人类最有趣的基因。

每年特定时期，半个朋友圈都在疯狂内卷，一幅幅大红底色的捷报宣告着"恭喜某同学被名校录取"，P 老师的朋友圈却异常空旷。是因为 K 校没有可炫耀的资本吗？当然不是。只是 P 老师坚持："每一个认真申请的结果都是成功的，学生的申请在我这里没有失败一说。如果要晒，应该所有学生的都晒。"

每当有业内活动请到 P 老师时，他都毫不吝啬地掏出多年的经验、数据和工具来分享。倒是我常常以小人之心去提醒他，当心别人把他无私贡献出来的材料拿去卖钱。P 老师总是淡定地应着我，然后下一次又倾囊而授。他不知道留学圈内远不及他一半水准的人动辄敢做"××万保录藤校"的生意吗？大概不是。只是 P 老师笃信："我没有什么点石成金的本事，也没有不可告人或故弄玄虚的秘诀可言。"

最近一次见 P 老师，是和朱老师一起，相约在罗马湖畔的素餐厅。青瓦白墙伞下，我们三人闲话着日常。P 老师说起他想在四十五岁退休的事，我笑他离四十五岁已没有几年了，还是不要妄想。他把后背靠在椅子上舒展，又说他要在四十几岁的这些年访谈四十几个亲友，结集成书。我和朱老师如同小鸟般雀跃，叽叽喳喳地要挤在这名单里，他又露出敦厚的笑，说要先回湖南老家，第一个写他的母亲。

P 老师要带儿子露营，便先行离开。他离席的背影，神聚而身轻，惹得我和朱老师感叹：在充满世俗而纸醉金迷的环境里，身穿麻衣、脚踩布鞋的 P 老师，永远少年气十足。

Y 老师工作的 D 校大概可以用"庄园"来形容。每次开车去，在高速路上便能看到一片仿欧式的白屋顶和饱和度不够高的玫红墙面。进了第一道门，沿着湖再走半里地，才到真正的校门。新贵云集的 D 校最不缺有钱人家的孩子：每个月光零花钱就有数万的"公子哥"，嫌弃加州系大学被"平民学霸"们卷得没好日子过的"公主"，还有开着几百万豪车去说相声的"小爷"，在这几千人的园子里，演着自己的那台戏。但 Y 老师没有大管家的婆娘气，谈起学生们总是充满爱怜和惋惜。

即使人家生来坐拥我们毕生不可及的财富，她和我聊起的，也不是"我怎么没有这样的爹妈？"而是"这样的孩子以后努力的目标是什么呢？"

学生们也都不把她当外人。从谈恋爱、闹分手这样的"小事",到心理治疗、性别手术的"大事",在她那里都没有半句评判,只有体恤。小情人们官宣恋爱发朋友圈,屏蔽一众老师却唯独开放给 Y 老师。她问学生:"你们不担心我管吗?"学生答:"你不会管,你只是八卦。"所以我总说不要轻视半大的孩子,他们看人准得很。

Y 老师总是以最大的善意看这个世界。有次在她家楼下的咖啡厅,我们坐在靠窗的位置,看她儿子倒腾着小腿捉弄店家的绿植。身穿蓝色、黄色制服的外卖小哥们从窗前匆匆路过,去咖啡厅后院的取货点。Y 老师指着一个挑了四桶农夫山泉扛在肩上的小哥说:"自从我知道小哥们送水,也是要从取货点这里扛去我家的,我就再也不定大的桶装水了,太沉了。"

我顺着她手指的方向看,蓝色外套原本垂直落下,现在却被绑着水的绳子嵌进去,小哥胸前和背后挂着几瓶水,两肩处是"凹"字的形状。我叹口气,问她:"那家里喝水怎么办呢?"

"我们自己拿呗。不要让小哥们太辛苦了。"

Y 老师给我讲她小时候,路边衣衫褴褛的流浪汉看她长得好看便要抱一抱,爸爸于是就把她递了过去。妈妈赶来时,她就这样被流浪汉抱着,不哭不闹,笑呵呵。我有时觉得善良而心软的人,太容易被骗,所以总是佯装坚强。再想想大难不死的 Y 老师和她满到溢出的善良,又觉得老天自有安排。

朋友们问我离开了教育行业会不会有几分不舍。我想想觉得还好。我是学生时，教我学问的老师们固然好，但教会我生活和为人的老师才难忘。

初中的时候，我英文好，物理差。我努力钻研着摩擦力和反摩擦力的公式，然后得到月考七十二分的成绩。就像电影里那些得了 A– 就要死要活的人一样，那时的我也是第一次知道：不是所有自以为的努力都会有回报。我原来没那么聪明。

那天下午的课，我不想去上。上课铃响过很久，而我一个人坐在楼道的台阶上。我的英语老师找到我，什么都没说，在我旁边坐了很久。然后她告诉我：不以物喜，不以己悲。

上了高中，我和朋友们勾结一气，恣意风光，有时真的不把老师们放在眼里。气得生物老师对着黑板抹泪，惹得物理老师只能叹气。但从副校长级别返聘回来教我们的化学老师不怕这些，她宠着我们，惯着我们，让化学课代表在她的课上公然睡觉，再偶尔让我把他推醒了，问："这道题还有没有更好的解法。"

二十多年过去了，我也记得她站在教室中间说："这些公式以后你们一辈子用不上，有用的是严谨的思维方法。"后来我明白：孩子不再是孩子，是从成年人不再把他们当孩子的那一刻起。

大学去香港学新闻，教我们的老师是 1989 年便可采访高层人士，读博时能教美国人写英文报道的资深记者。在暑气难耐的夏日里，老师邀我们回家吃饭，带我们去南丫岛旅行。我要回京实习，老师一封邮件直接写给某报总编辑，推荐我进了头版特别报道组。

　　毕业后回校去看老师，在巴掌大的办公室里相对而坐。我把皮包随手放在椅子边，老师看了一眼，说："哦？现在要用这些牌子了吗？"我一阵抵不住地羞愧，赶紧把包藏得远了些，嘻嘻哈哈地扯开了话题。再然后我开始帮公益机构兼职工作，把超过千元的包尽数送了人。如今再打开衣柜时，终于可以拿起任意一件衣衫，做到再见吾师，心中坦荡。

　　不少学子心之向往的哥伦比亚大学有校训说："In thy light shall we see light."借汝之光，得见光明。所以我和我的老师们，和我有幸相识、相知的，在我心中无愧于"老师"二字的人们，并无离别，不言再见。因那光，永在。

6. 上海囡囡

认识 H 小姐近十年了。说出来大部分人不信,我俩是在酒吧里搭讪认识,然后成为闺密的。彼时,H 小姐还是外滩 × 号一家餐吧的工作人员,而我是到上海出差参加展会的职场新人。约莫是一杯或者半杯鸡尾酒下肚,胡言乱语地透露了如今早已想不起来的心声,无心插柳地种下了日后这些年的交情。

H 小姐在我心中是出生在上海的东北人,为人豪爽,处事真诚,在高级餐厅喝酒恨不得要对瓶吹才符合她的风格。如果不看她衣柜里的鞋子和包包的话,大概是看不出她都市丽人的本体。以至于每次我跟着她混两天,都要忍不住抽着"南京",吐着江湖气。

H 小姐是我所有姐妹中,最早自己做生意的,而且还是混迹三教九流,强迫人长袖善舞的餐饮行业,于是纵使在黄浦江这温润的气息中,也挡不住她的这份痞劲儿。陪领导吃饭喝酒贴笑脸,给客户彻夜做提案追欠款,管着变脸比变天还快的供应商和团队。这几天借宿她家,每天餐厅打烊后回家已是半夜,她煮个泡面，我冲个酒酿，两个中年女子，坐在餐桌两端，肆意感叹着或悲或喜的过往。

十多年前的一个初夏，她毫无征兆地来到北京。我开车去接她，到时已经是傍晚。我远远就看到一个小姑娘蹲在火车站门口的马路边。我问她怎么了。她说："我要结婚了。"

多年以后，在经过被私人侦探跟踪，又在她父母家上演了一群人带着钢管来打架等诸多三流剧情之后，H小姐终于在放弃一套房子、一辆宝马五系、公司半数股份和自己苦心经营的品牌的条件下，离了婚。

作为朋友，我的确后悔。她明明陷在疲惫不堪的婚姻中那些年，我是不是应该放下那些"劝和不劝离"的道德枷锁，早些摇一摇她白皙的小胳膊，让她清醒一点儿，对自己好一点儿。索性，上海囡囡基因里"拎得清"的特质在H小姐血液里顽强地流淌。她很快安顿好父母，重新开了自己的公司，以前经她手的客户大部分也跟着她继续做下来。我早年介绍给她的朋友，近期找她做个生意，不等我问半句，这位朋友便激动地发微信给我：H小姐太靠谱，太靠谱。

精明的H小姐如今在上海和苏州交界处安家。给团队租了大别墅，吃、住、办公，做库房。她自己在旁边小桥流水的公寓租了两居室，一间她睡，一间她的"MiuMiu"和"Chanel"们睡。我拎起来一件白色蕾丝蓬蓬裙问她："这是要再婚的时候穿吗？"她"呸"我一声，抓起帽衫套上，载着我出门工作去了。

H 小姐离婚后创立的新品牌名叫"D2"，是我帮她取的，"D"在此处不代表她的胸围，而意为"Dazzle"（耀眼）。毕竟，这世间再多混沌，也挡不住她的耀眼。见到 H 小姐走不动道的人数不胜数，从千禧年后的"小狼狗"到二十八线小明星。如果你有勇攀高峰的雄心壮志，欢迎留言找我保媒拉纤。否则她下半辈子睡她房里最多的人就是我了。

7. 四十岁的女人

北京的春天，随着几次"满三十立减十五"的气温促销活动落下帷幕，终于拖泥带水地走远了。在常年和四季的斗争经验中，我保留了不到五月绝不彻底换夏装的良好传统。偶尔看街上那些谷雨未至已经露大腿的姑娘们，只是感叹：年轻真好。

昨晚看选秀节目：近百个千禧年后的男孩儿们卖力地唱跳，让中年阿姨们十分欢喜。但不知道为什么，看他们演绎美猴王觉得新鲜有趣，而看他们耍酷地唱情歌，却充斥着一种出戏的违和感。后来想想，大概是中年人最爱说的那句"少年不识愁滋味"作祟。

我自觉不算情路坎坷，如今活到近四十岁，勉强算是有故事可讲而已。即使如此，也仅仅是做到：在重游和初恋走过的景点时，可以抑制发微信的冲动；在看到曾经出轨的前任发朋友圈时，可以礼貌地点赞；在被误解时不再辩驳而是调整情绪体谅对方，深呼吸后说声抱歉；忍不住想在车里哭时，学会先停下车。放得下，从来不是三个字那么简单，那是多少次心被撕碎之后拼起的勇气，是多少悔恨铸成的决心，是多少眼泪结成的护甲衣。但是，我们中年人，又有什么选择？似乎也只能这样。

Y老板是我以前的老板。耿直的山东女子，爱憎分明，有话直说那种。有幸同她工作的几年，常常被她大呼小叫地捏来揉去以示喜爱。不少女性友人都曾信誓旦旦地对我表白，表示如果自己是男人必要大力追求，我往往一笑了之不当真。但Y老板这样说，我是信的，毕竟她圆溜溜的大眼睛每每看我都透出很多渴望。

近日与她重聚，那份渴望又加深了含义。我与她聊婚姻，聊孩子，话当年。我才明白她的渴望，其实远远不是对我，而是对她未曾尽兴的青春的遗憾，和对我看似逍遥的现状的憧憬。

我相信不少四十岁的中国女人如她一般：勤恳又传统，年轻时因父母兄弟而懂事，成家后为丈夫和孩子操心。六七年前她就总是翻来覆去看着我念叨："你们年轻好啊，女人到了我这个年纪就完蛋了！完蛋了。"我虽不赞同，却明白她的意思。放在我们当年一众喝酒到天亮的欧洲小同事们看来，Y老板早该享受人生了：创业二十五年的公司副总，主管财务，上亿的资金都由她来掌管，连大老板遇到钱的问题也要敬她三分。Y老板虽不及我们那群红发碧眼深V领的酒部经理貌美，但是身材也精致匀称没有一丝赘肉，鹅蛋脸盘配小燕子般的大眼睛，万年直男斩的黑长直头发，外国供应商们常年要觊觎她的魅力以及权利，每每来拜访必要送她各种奢侈品并拍马屁。可是她没有时间照顾自己，更没有时间欣赏自己。用她的话说：从来没有一天，为自己活过。

我不知道如何劝她，因为她早已习惯了。她为了公司销售额夜以继日，又为了儿子的中考模拟成绩焦虑紧张。我很难问出任何关于她自己的近况。午餐间唯一与工作和儿子都无关的话题，是她想起二十年前的初恋男友，又翻看当年海誓山盟的情书。她说，过了这么多年也不懂对方为什么悔婚。直到一两年前，她才想明白，应该就是变心了吧。我笑："别的女人两个月就看透的事，你竟然花了二十年，你真的是没有时间为自己想啊。"

同样是四十岁女性，W 姐姐是截然不同的风景。她是一个有着清纯玉女的脸庞，加上洋装、口红、高跟鞋，即使在最冷的冬天，也不知道何为秋裤的北京女子。朋友圈永远是绝美的文字配自拍照，每次和我见面必要我先交两张自拍照做功课，以完成她的九宫格"伟业"。

同样是相识六七年，除了某年除夕夜相聚赶上她和欠款的合作伙伴争执之外，鲜少听她说工作。以至近几年，倒是我这个晚辈开始坐不住，催促着她好好做生意，别总是烦恼那些无关紧要的人有没有给她的朋友圈点赞。关于她有太多的故事要写，但出于对她隐私的考虑，姑且择其一二来解读她的传奇人生。

在 20 世纪 90 年代大部分人还没见过多少钱时，W 姐姐就已经赚过又赔过上千万。宋丹丹口中"小型黄色出租车"满北京跑的时候，她已经开着"大奔"，去消费上万的夜总会踹门捉奸了。天生丽质，家境殷实，对人动辄掏心掏肺、掏空钱包。这些看起来理应成为人生赢家的参数，却在有时反过头咬你几口。W姐年轻时，遇到了狗血的"最好的朋友"和"最爱的男人"的选择题，她一矜持一赌气，就妥妥错过了半生。后来的追求者们也不乏真心待她者，但从未放弃初恋梦的她始终不曾动心。即使到了今天，我们谈论起任何有关爱情的话题，她还是要拿出初恋的照片，斩钉截铁地说："这才是我喜欢的男人。"

因为有家底带来的傲气，也就谈不上屈就和靠婚姻解决经济问题，于是这一单身就到了四十余岁。她今年下定决心要认真地相亲结婚，却发现如今的男人们早已不是她记忆中的模样。其中，有送她机场免税店的巧克力却问她要大几万礼物的；有屡屡约她吃饭示好，却在坐进餐厅之后看到标价四十九元的番茄沙拉落荒而逃的；有迟到三个小时之后来接她，却停在较远的一个路口坚持要她在冬夜中走过去，只为了车更容易掉头的；有前一句对她说喜欢她，想和她结婚，下一句告诉她有富婆要借钱给自己，所以要先和富婆相好几年换钱来周转生意的。

我很想告诉她，她恐怕错过了那个更好的恋爱年代，那个男孩子们一把一把地买花只为了哄女孩子开心的年代。现在的男人和女人们，都在评估着每段爱情的投入产出比，精确地计算着自己这支"感情"股票的盈利率。可是我又如何忍心告诉她，毕竟她是这世间少数还活在粉红色泡泡里的四十岁女人。就好像只要还有她这样敢做梦的人，我就也能保留一点儿对罗曼蒂克的信心似的。

记得在一期选秀节目中，有个二十岁出头的小伙子唱了一首歌，是他二十岁那年写的人生感悟。苏有朋导师点评他："你还年轻，不用那么早开始感叹人生。"唱着《蝴蝶飞》长大的我却很想说：管他呢，让年轻人们爱怎么想就怎么想。恣意青春也好，假装深沉也罢，毕竟我们都曾年轻过。而他们，还没老。

愿他们可以不必经历你我所经历的一切，不必明白大人们说过的道理，不必听懂每首歌背后的疮痍。更愿，当他们注定要经历你我所经历的那一切之后，也可以像我们一样：或负重前行，或举重若轻，但起码，坚持做一个正直、善良、有爱的中年人。

8. 十六的月儿圆，爱过的人再见

前几周机缘巧合，将上篇文章《四十岁的女人》中的 Y 老板和 W 姐姐介绍认识，我们三人合伙拆穿了一个骗子的骗术。所以，不要小看我们这些女人，三个凑在一起不但可以唱戏，也很会拆台。

这个夏天还没开始之前，我就不时和姐妹嚷嚷着，要趁着暑期不忙，把前任们都见一见。听上去有种例行检查的感觉，但其实我心里清楚：对于各有各忙的中年人来说，如果不是一鼓作气地定出个时间，很容易陷入你落地、我起飞，同在一个城市却永不相交的怪圈中。

M 就是这种，约了半年都未能见到的人。我回京的当天他出差，他回京之后我不在，发消息也常常是两周之后再回。这种人换成别的关系，大概就是相忘于江湖的走势，但偏巧 M 于我是初恋的情人，自然多了一份亲人般的纵容。

当年我洋洋洒洒地把这段曾经的感情一股脑儿倾注在"人人网"，给自己争得一个"风月写手"的称号。纵使二十年过去了，

想起当时的彼此，也似乎能闻到南方校园中的微微桂花香，听到
远处宿舍楼中传出周传雄的《黄昏》，那声音总是伴着日落的余
晖回荡在天际。我依然记得彼此眼中滑落的泪，也早已数不清究
竟是过完了多少个夏天，那忧伤才变得少了一点儿。当年 M 在
人来人往的校园里，塞给我一本《小王子》，然后发短信说："你
是我的玫瑰。"所以我们分开后的这些年，我不曾看《小王子》，
也不喜欢收到花。生活沉重得太认真，没有童话般轻巧的结局。

　　M 说他马上要搬去深圳工作，但很久没有置办正经工作的衣
服了。于是我们去逛街购物。我问他："你以前在投行时穿的那
些衣服呢？现在继续穿就好了。"他几乎一字一句地说："可是我
不喜欢那时候的自己。"后来我们买了足够一周穿的亚麻和棉质
的衬衣和裤子。

　　去喝茶时，我说要"盐津梅煮古树茶"，M 听了三次，依旧
一脸不解地看我。终于点好之后，他好像解决了某个物理学难题
一样地自豪跟我说："我知道了！是'盐津梅，顿号，煮，顿号，
古树茶！'"

　　M 给我留下的一大影响是极其看不得自视甚高的人，因为
在我看来多是些草包（当然也可能我本来就这样，现在非要怪到
人家头上）。M 是北京十一学校的传奇人物，在南京大学读完本
科后又去香港科技大学念完了硕博。毕业第一份工作做的就是当
年鼎盛的投行，如今去深圳做知名地产公司的投资重组，也只会
轻描淡写地说"七找八找就找到我了"。看几个月社会学心理学

的书，以他的智商和逻辑感，掌握要领自是不在话下，他也只是说："不敢说看懂了，但是好像入门了。"

极大的聪慧中，永远透出一份憨气。

K先生的故事，当年也写了个大概。他哥们儿和我闺密相好，于是大家就认识了。自己核心小圈子开出的墙外之花，总是让人很容易产生天然的信任感。于是我和K先生的交往也快进到常见彼此父母和朋友的程度，一度提及婚期。后来K先生的前女友及时出现，挽救了我险些英年早婚的命运。

如我当年所写的一样，时至今日我还是很感谢K先生的前女友，虽然她恐怕是这世界上唯——一个到如今偶然想起还会使我抑制不住地起"杀念"的人。这几年我也常常反思，为什么我只对这个前女友咬牙切齿，而对K先生置若罔闻呢？非常地不符合我独立女性的人设，但很快我就明白了：人嘛，很难真的恨自己爱的人，那毕竟就像在恨一部分自己。恨别人，就容易多了。就仿佛人撞了床脚真的是床的错一样，我们只是舍不得自己那不争气的脚，总是忍不住抱着它哭。

K先生和我分手之后几年，事业逐渐有了起色，又寻得贤妻。我由衷地替他高兴。毕竟我总是一厢情愿地觉得没有我，他哪能学会珍惜。如今我俩不时地会给对方点赞，大约两年见一次面。K先生在跨行证券、马拉松、家具公司等领域之后，又涉足教育行业。让我感叹这步伐也是毫无逻辑，但十分像是他能做出来的事。

　　无论做什么，K先生都有一种傻劲儿，让你一方面被他的真诚打动，一方面又担心他分分钟被人骗。他深知自己不够聪明，即使如今住着三环边的豪宅，开着豪车，玩着动辄几十万的表，连求婚都是在南极旅行途中进行的，这种外人看起来集齐了顶配玩家装备的他，口头禅也是："我发现自己就是个傻×，真的什么都不懂。"换了别人这样说，我可能觉得是谦虚或者逢场作戏，但是K先生是真心地说，而我也是真心地信。觉得自己聪明的人很多，深知自己无知的人却不多。

　　像老话说的"傻人有傻福"，尽管K先生打定主意要不断折腾，永不停息，我也十分地相信他不会倒下，即使倒下，也会有人扶他起来。毕竟假装聪明而掩饰不够聪明的我们往往都看得出：极致的憨厚，往往透出一丝无形的智慧。

　　我最近时常在想：如果那些我曾经爱过的人还在我的朋友圈里，而我们也能走进平行宇宙，各自安好地过着一生，那曾经的那些爱又去了哪里？如果能量真的守恒的话，那些泪水和心痛，那些笑容和誓言，一定也在某个地方存在着。吉光片羽，划过流年。走过一段又一段，牵手又分手，然后都变得更好，也算是对爱过最好的交代。

9. 给梅芬的婚礼贺词

我认识梅芬是在 2016 年的春天。那时我刚刚加入一个乡村女学生教育项目的团队，创始人田青阿姨建议我利用清明假期跟着她下乡，去看看受资助的学生，帮助我更好地了解情况。我在开始做公益之前，没有到过甘肃，也没怎么下过乡，自然应允。和我一起同去这趟下乡之旅的，有彼时还在贸易公司工作的梅芬和刚从日本实习归来的李燕，她俩都是曾经在大学期间接受资助，后来顺利毕业，已经开始工作的毕业生。

那时候的梅芬梳着马尾辫，背着刚从欧洲买来的包。这个西北妹子，奶油般的脸上透出一点儿晕开的红。高颧骨、小个子，凌厉的眉眼，这就是我对她的第一印象。她和学文科的李燕不同。我记得我们初次谋面时，三人挤坐在小客车的后排，说起什么琐事，梅芬已经要兴冲冲地和我俩争辩，好像任何一句我犬儒主义的说辞都在侵犯她正义的理想。我当时想：好年轻、好纯真的姑娘。

在后来的上千个日夜里，她成了这个小小的公益机构全职的项目经理，每天管理着五百多个高中生及大学生的资助和辅导。我成了她的战友，在北京和上海大大小小的公司、商会、晚宴和集市上游走，为她管理的那些学生们筹款。我们从当年的互相试探、互相了解，走到如今的亲密无间、血脉相依。她说我是她异父异母的亲姐姐，我称呼她为我的小心肝。

梅芬几乎是我认识的人中最真性情的。不管是因为我有时慵懒地想打车不想坐公车时她立刻摆出的臭脸，还是她称呼我们一位年长她十余岁的同事"老不正经"时露出的窃笑。她来北京开会，有同事教她玩桌游，她一边偷瞄着别人的牌，一边批评我们没说清规则。当她几乎要赢的时候，眼眸中闪烁出志在必得的光芒。

有年我俩一起下乡，我和当地老师刚进学生家门，梅芬已经拉着学生爸爸爬去后山坡采野草莓。不一会儿，她举着两大把粉透的葡萄大小的连枝野草莓进屋，美滋滋地跟我说："甜得很。"这件事让我摸清了她的脾气。转年又去一个新的学生家家访时，我一进门看到杏子树就高呼："梅芬，有杏儿！上！"

这样的性情，自然是和童年有关。梅芬从小在农村长大，榆中县的青山和黄土陪伴她到高中。虽然现在她全家都已经搬到兰州市的楼房里，但是依旧拦不住梅芬那颗收获的时候就要回乡下上山摘野菜的心，就连她对我公众号的评价也十分原生态。我有次自谦说徒有大家谬赞的文笔，但就是没时间好好写。梅芬说："就像渝中的北山风光，远观赞得很，是最美的风景，但实际上，不长庄稼。"

做公益的人，时常被戴上善良的高帽。这逻辑也浅显：在房价是天价的时代，如果不是善意驱使，谁要花青春和时间做这件事呢？但是我有幸在这个行业待过，偏要妄加定义：泛泛的善良，可有可无。要坚守善良，需要坚韧、需要目标、需要规则、需要牺牲。要渡人，就要有划得动船的能力和在波浪中过江的决心。

梅芬的工作量和细碎程度，非常人能想象。城中那些养两个孩子的家庭已经鸡飞狗跳，不妨想象下同时养一千多个孩子。我有次和她去定西市安定区东方红中学，走到校门口，一个女学生背对着我们正在锁自行车。梅芬一探头，立刻喊出孩子的名字。娃娃惊讶着："梅芬姐你不是上个月刚来过，这么快又来看我们啦？"我则感叹梅芬这些年过目了近千名学生，竟然还习得了背后识人的绝技。

做公益事业看起来简单，但内里复杂。即使我已经习惯了出席那些如同电影中所示那般有着高级质感的慈善晚宴，也深知后续的捐款合同动辄要推敲半年。梅芬做基层工作，更是没有羽毛礼帽和亮片长裙，只有赶夜路家访时的凉馍馍。更磨人心智的是，除了条件的艰苦，还有那些旁人的怀疑和不理解。我们做资助工作，不时要被质疑为什么、有什么目的。即使完成了高中三年的资助，也还是会有学生家长怀疑我们是传销组织，要把她家娃娃骗走。诚然，这些并不是普遍现象，但是经年累月，也总会有那么几瞬将人击中，可梅芬从未被击垮。我如今时常说她是从公安局几进几出的女子，逗得她笑着打我。

她常年连续下乡几十天，有年春天身体罢工，脸上不断发出疹子并伴有脱皮，体力也大不如前。体检时被怀疑患有红斑狼疮，几个月后我去甘肃时她才轻描淡写地提起。常年看医疗剧的我暴跳如雷，按捺不住地吼她："这是会致死的病你知道吗？！你还不休假治病！你还跟我商量什么暑期见面会日程！"她憨憨地看着我说："不至于吧姐，再说我都安排了，如果我不管，咋办？"

漂亮和美在我心里是完全不同的范畴和维度。梅芬可能算不上漂亮，但是美得很。她会时不时指着大腿外侧的肉大喊大叫，我也总是忍不住嘲笑她短粗的手指。如今她剪了短发，油亮亮的头发动辄几天不洗，但是她的眉眼极美。我窃以为，不是所有的眼睛都可以被称为眼眸。"眸"这个字有一种玄幻感，好像里面装得下岁月星辰。一般空洞肤浅而未经世事的眼睛，充其量是个器官。而有些人的眼睛，黑亮而深邃，不时发出光耀，那才是眼眸。而梅芬，就有这样一双明眸。

无论是面对面看着她，还是在一众人的合照中找她，首先跃入眼的，必是那对笑盈盈的眼眸，让人忍不住感叹：怎么可以这么美。我是一个挑剔的人，即使是有着几十年交情的好友，也鲜有我认为配得上"真善美"三个字的。而梅芬，配得上。

再过几天，梅芬就要结婚了。我一早说要写文送她做贺礼，还信誓旦旦要把标题起作"我爱的人要结婚了，对象不是我"。如今想想，毕竟她先生也跟我一样姓赵，肥水没有流进别家田，也就不必矫情了。我见过不少女性朋友和她们男朋友们共处的情景，早就磨练出世俗的判断力。当男人眼中是戏谑和自我，女生眼中是委屈和隐忍时，没有一对会有好结局。

而梅芬和小赵的样子，用《现代爱情》第一集里面圈粉无数的看门大叔的话来说："我从来不是看男人，而是看你的眼睛。"当那眼中满是爱与被爱，每一个如我这般的"看门大叔"都会欣慰而释然。

对了，梅芬有一个很美好的英文名字 Daisy，像极了她：如草般坚强，如花般美丽，有着太阳似的温暖。那么，新婚快乐哟，我的小心肝。

10. 小 Q 的故事

前阵子去甘肃玩，除了和梅芬自驾几天，在兰州歇脚的日子里也和几个妹妹见了面。

从 2016 年到 2020 年，我一直在帮一个资助甘肃乡村地区女孩子读书的公益组织做些筹款的工作，后面这几年也偶有参与些边角事务，亦和墨总合力坚持资助了两个女娃读完高中。所以每年总是几次飞往兰州，在西北广袤而深情的土地上自顾自地认下许多妹妹。虽然这次在兰州只待了一天，但有些人像心头上的肉，舍不得不见，于是用尽可能平淡的语气给小 Q 发了条微信："宝贝儿，周五在学校吗？我在兰州，要不要一起逛个省博？"不长不短的时间过去，收到她客客气气的答复："好耶好耶。周四做完汇报，周五闲着了。"她后来告诉我，收到我微信的时候，高兴得在家里大喊着"我姐来看我啦！"吓得旁边的老父亲不知所以。我忍不住想：还是那个憨崽。

认识小 Q 是在 2018 年的夏天。那年她十八岁，刚拿到哈工大的录取通知书，被老师推荐来参加我们奖学金项目的面试。小

Q走进教室的时候，我记得是下午了，我们几个面试官都已经有些疲惫。她站在我们面前，穿了一件粉紫色碎花加白色蕾丝飞袖的上衣和浅色的裤子，同她黝黑的皮肤、利落的短发非常不搭。我想：大概是姐姐或妈妈的衣服，就这样传下来给她。

她原本所在的中学不算是镇里最好的，但她依然考进了全国顶尖院校之一的哈工大。问到她为何想申请这笔奖学金时，犹记得她先是讲了自己的抱负、情怀，要以科学报国，要成为领域内最了不起的女科学家，要改变世界。讲这些时，她眼里的光，我至今难忘。之后她才垂下眼睛说："当然，我也希望有这笔资金帮助家里缓解压力。"

后来梅芬去做家访，即使彼时已经见了数百名学生的家庭状况，梅芬也在去过小Q家之后哭着给我打电话，说："真的太不容易了。"然后给她认识的所有资助中心的老师们打电话，申请特事特办。我们做奖学金项目那几年，见过的学生有几百名，但由于经费所限，能帮助的不过十余人。有些孩子，要我们几个愁眉苦脸地讨论一番，然后留给时间做答案；但是小Q，是我们几个毫无异议的选择。

几年以后和当地资助办的老师吃饭，所有人都记得她和她家。孙主任身为一个人高马大的老爷们儿，提到她的情况，也连着叹了几口气，眼底闪出涟漪。于是我和梅芬以茶代酒、推杯换盏，安慰一桌大男人，说："没事呢，娃娃现在好着呢。"

后来的几年里，孩子们到北京来上课，我去甘肃回访。于是和小 Q 总有见面。她假小子一样的短发慢慢蓄起来，眼神总是聪慧又诚恳的。我有时难免好管闲事，总是在上课时拍拍她的后背，让她坐直，不要驼背。她回头看我，憨笑着说："好的呢，姐。"

在我们最初认识的几年里，她会守着我生日的凌晨给我发来祝福。我开始觉得甜，后面反倒心里有一丝酸。这几年她不再守着零点发"姐姐生日快乐"了，我反倒更开心一点儿。有时候看她朋友圈，认认真真地搞研究，开开心心地吃饭、交朋友、过生活。说不上为什么，我就觉得放心了。

我在甘肃省博的门口，顺着望不到头的人流，绕着树排队，像蚂蚁军团一样缓步前行。小 Q 发消息说要晚个五分钟。我跟她打趣说不要紧，反正排队要大半天。发完消息，一抬头：一身黑衣黑裤，小脸庞、精瘦的人儿直接穿过人流奔向我，抱住我的时候又一脸不好意思地说："哎呀，姐。是不是踩到你了？"我问她是怎么在好几百人里一眼找到我的，她摇头晃脑地说："因为爱啊！"我露出嗔怪的表情，笑她的油嘴滑舌。

暑假里的博物馆，无数的家长和孩子推搡着。好在我醉心的展厅倒不是大热的铜奔马，所以相对悠闲地在陶器展厅走了一圈又一圈。听她讲正在做的研究和读博的计划，说着我这样的文科生永远不懂的流体动力学，眼中又是充满光芒。甘肃实属于文物大省，动辄出土四千余年的陶罐。展厅介绍里时不时遇到念不出的生僻字或是不知道的地名，我一个眼神飞过去，小 Q 已经在乖巧利落地用手机查词典。

中午和另外几个姐妹一起吃完自助餐，又转场去喝奶茶。人吃饱喝足之后，总爱说些情感的话题。在燕儿一脸迷茫，圆溜溜的大眼睛里噙着希望地问我到底要不要和相亲男走下去的时候，我是做好了又要当半吊子情感导师的准备的。但是身旁的小Q抢先答了题："和一个人在一起不能只看他是不是对你好啊，姐！"小Q跷起二郎腿，脸上露出理科生讲道理的神情，"我从来就不觉得找对象最重要的一点是'对你好'。你要知道，是不是对你好，完全是他的权利和选择。那就意味着他今天可以对你好，明天完全可以不再对你好。这是一个变量啊！"

我一早知道她读研之后谈了男朋友，但是忍住了婆妈的好奇心不曾多问，此刻终于忍不住侧脸过去看她：巴掌大的脸，褪去一些黝黑，露出些小小的雀斑。眼镜片透亮，一双眼睛里混合着八分笃定、两分俏皮。知道我正在看她，她也把脸转过来对着我笑："姐，我说得对不对？""对对对，你说得对极了。"我鸡啄米似的点头。

燕儿若有所思地停了下来，继而又慢慢地转着脑袋，像是问我，又像是自言自语："那如果找不到对我好的，就找我喜欢的，这样的人好像不适合结婚呢……"我捏捏燕儿的手，又是好笑又是严厉地说："和喜欢的人谈恋爱，和适合结婚的人结婚，一码归一码啊。哪有那么多全让你占上的好事。"然后看一眼小Q，她立刻接话说，"对啊，我一早就和我男朋友说：我是不婚主义，咱们现在就是谈恋爱，等有一天你想结婚了，你就找人结婚去。"

"那他怎么说？"我和燕儿几乎异口同声地问。

"他露出那种'你还年轻，所以才这么想'的表情。但是我管他呢，我说清楚了，你不要企图改变我，剩下的咱们就到时候看咯。"小 Q 一脸稳操胜券的神情。燕儿的眼睛像是一潭水，目光像波纹一样散开，说："还有个问题。我家里人给我介绍过相亲，我觉得不是很合适，没有什么共同的话题，我就拒绝了，对方却说让我将就将就。"

不用等我开口，小 Q 已经激动起来："什么叫将就！为什么他根本都不了解你就开始要求你将就？姐，你知道我没事都怎么给我男朋友'洗脑'吗？"我和燕儿露出好奇又欣赏的目光，等她揭晓。她直接翻出手机的对话记录，搜索"羡慕"两个字，然后理直气壮地展示给我们："我都是跟他说，真羡慕你有我这么好的对象！"

我哈哈大笑。

我有一个闺密，从小美到大，追求者无数，最后嫁给了高中相识的老同学，对方学历、工作、家境、长相都算不上出类拔萃，于是总有人问她为什么。闺密盈盈一笑，说："他对我好。"婚后几年，老公出轨被捉奸，没什么悔意，也没什么赔偿。两人迅速离婚，前夫一年不到再婚、生子。

我还有一个闺密，有得体的工作、健康的父母、乖巧的长相和性格，但永远觉得自己不好、不配、不值得。有钟情她的人，她觉得:"不可能。我有什么值得被喜欢的呢?"有她倾心的人,她便要穿他选的衣服,陪他去他爱吃的餐厅,做他想让她做的事。然后失恋的时候打给我哭:"为什么不是我,我到底哪里不够好……"

我自己,也同样是到处给自己归因,在动不动给自己找毛病的路上走了很多年,在三十几岁之后才开始学会给自己一条生路,学着原谅、接纳、爱这个不完美的自己。所以我忍不住看向小Q,看她像小机关枪一样"突突突"地说着一句又一句掷地有声的话语,那么自信又骄傲的样子。我的心像是扎到蜜里,甜得看不到头儿。

11. 陇西马家的女子们

2018 年的 8 月，北京燥热得不行。我得了去甘肃下乡面试学生的机会，便雀跃着出发。往西北去的路途中满是东南沿海不得见的风光。我有次特意坐七个小时高铁从兰州回京，一路上半数的时间在穿隧道，让一个酷爱在高铁上写作的人颇为心烦，但转念又想：若不是托了如今技术的福祉，这层层山峦外的人和物，又如何能通达。当然，这是后话了。

落地兰州之后，要再去转坐绿皮火车。梅芬和小晗在车站接我，给我揣了家里做的馍馍。硬座车三人一排，刚好合适。晗晗拿手机撑在桌上看电视，我和梅芬咬着耳朵说这次选生的概况。

对甘肃省以外的人而言，陇西县并不出名，既不是华西村这种走经济路线的门面，也没有乌镇同里那样能带动旅游产业的风光。但对甘肃本地人来说，陇西是颇为出名的，因为这里世代讲究耕读文化教育子女，从古至今都不乏状元郎。从兰州到陇西县城，绿皮车咣咣当当地走了两个多小时。下车顿觉些许寒意，我赶紧套上线衫。姑娘们后来跟我讲：在陇西过夏天，是不用开空调的，气温从来达不到三十度，让我好生羡慕。

小霞一早便守在出站口等着我们。她家在离站不远的文峰镇上，执意要接我们去家里吃饭。我一路翻着学生名单，琢磨这些从西北土地上生出来的姑娘的名字：带有"海""霞""燕"这几个字的，要占半数。后来看数据：这片每年降水量不足五百毫米的土地上，蒸发量是一千四百毫米，也就难怪这些带"水"的字成为寄存希望的象征。所以《山水情》里那些个"水花""尕娃"，都是生活的本色。

小霞家就在国道边上，大门正对着马路敞开着。进门是方正的院子，右手边是厨房，左手边是旱厕和杂物室。正面台阶上是大屋，厅正中供着祖先，两侧的房间分别住着父母和小妹。水煮的洋芋，一会儿就端上来好几盆。土里刚捡出来的洋芋，面糯中透出甜味儿，我一边剥皮，一边忍不住啃，那味道比英国人对半切开，还要加芝士才能下咽的土豆好出不知道多少。

老马家有五个姐妹，没有男娃。如今院里西边角落蹲着的那辆落满灰的三轮铁皮车，曾算是家中的"大哥"，早年间帮助着老马往返在国道上，供养着家里的娃娃。去车站接我们的小霞，在家中排老三。小小的个子，短头发，圆脸蛋儿，她讲话的声音总是有一丝沙哑，但说出的话却是透的。大家都喜欢她。

我曾听过她的故事：考大学的那年夏天，地里的麦子一片金黄。妈妈弯在前面，放倒一茬又一茬的麦子。她跟在后面，挥着镰刀，追着落日，半晌，忍不住抬起头，问："妈，这要割到什么时候啊?"但她心里想的是:今年的收成不知道够不够送她去读大学呢?毕竟两个姐姐已经在上大学,两个妹妹还分别在读高中、初中。村里人总是在说:何必供好几个女娃读书,早晚都要嫁人。爸妈老了,地里的麦子也总要有人去收。老马家的姐妹们,可能真的需要有个人伸手帮着养家了。而这个人,大概会是排行老三的她。远方的录取通知书,捂在浸透汗水的心里,不敢欢喜和雀跃。

当然这故事的走向并不悲惨,小霞后来经高中班主任的推荐,得到了资助她读完大学的奖学金。她在一个有着咸咸海风的城市,顺利读完了本科和硕士。如今在春晚某赞助商的大厂里当着朝九晚六的普通互联网打工人,在有着花园和门禁的小区里和老公租住一间洒满阳光的小房。老马家其他四个姐妹也都很好,在兰州,在北京,在东北的校园和东南的海港,分别做着大学讲师、工程师、护士和化妆品研究员。五朵金花,开在四方。老马家也从当年跑运输加种地才能挣得几万块的贫困户,一跃成为年入百万的村民之光。十几年过去了,当年笑话她家没有男娃娃的人,如今只能看着她家装修盖房。

我这些年总是忍不住把她家的故事讲了又讲。一方面是因为这是教育的力量,是读书的出路,是解释给一代又一代农耕的人民为什么女孩儿也可以、也应该被看见、被照亮。另一方面,当然是因为我和她熟悉。我们在她新租的家里吃火锅,把酒店咖啡厅的沙发当成可以盘着腿聊天的火炕。她每次笑着说生活,我都心疼她眼角的细纹；她每次低头，我都忍不住数她头顶的白发。

所以去老马家吃饭，当然是不可能拒绝的邀请。她爸如今早已不用跑车，每日在院里种种西红柿和黄瓜。我们吃着洋芋，小霞吃着黄瓜，还不免嗔怪她爸："摘晚了，有点儿老。"我们招呼她爸妈坐下，嚷嚷要聊家常，才发现老马家的女子们故事多得很，攒劲得很。

老马家大家族的新年视频里有个精明能干的女强人，那是小霞的舅妈：平眉，丹凤眼，微突的颧骨，高鼻梁，正月里穿着合身剪裁的短款皮衣，梳着马尾，张罗着一大桌年夜饭。

舅妈四十出头，不但管着自家的小工厂，还刚刚当选了村委会主任。小霞说："我这个舅妈，不是一般的女子。"舅妈年轻时就知美、爱美。翻老照片，看到在土房前的合照，舅妈穿着高领白毛衣加一袭红外套，黑色长发上嵌着带有小珠子的发饰，活脱脱一个时尚弄潮儿。

早年间，家里想给舅妈说个条件好的人家，舅妈硬是要和自小是同学的舅舅相好。但是爱情并没有阻挡舅妈的脚步，十几岁就成了陇西第一批外出打工的姑娘，在北京顺义郊区的工厂打毛衣。年轻的舅妈，眼准、手巧、处处要强，在全厂子里毛衣织得最快、最好。老家父母的安康和她好赌弟弟的外债，都在她一针一线的青春里流淌。

我在相册中看到有张舅舅年轻时在天安门前的照片，感叹真是帅气逼人呀。小霞跟我讲："那是去北京看舅妈的时候照的相。

好看吧?"那装扮,何止好看,白衬衣随意地敞开几粒扣子,下摆掖在淡灰色五分裤里,慵懒而浪漫的气质放在卢浮宫前也不违和,不知这法式造型是不是舅妈的手笔。如今出现在老马家小视频里的舅舅依旧雅痞,一顶灰格子的鸭舌帽配深色皮夹克,笑眯眯地坐在屋前,看亲戚们下棋。要不是小霞说起,我绝不会想到他十余年前遭遇车祸,早已丧失劳动能力。

彼时舅妈还在北京织着毛衣,夫妻分隔两地。舅舅从亲戚家喝完酒,骑着摩托车从山间摔下。据说脑壳碎了小半个,一家人只顾得上在县医院哭天抢地。舅妈连夜赶回陇西,执意把舅舅带去了兰州最好的医院做手术。大脑怕是这世上最坚强又脆弱的器官。术后的舅舅,再不能说话,记忆力受损,一度生活无法自理。在舅妈十余年的陪伴和照顾下,如今舅舅虽不能做体力劳动,但总算可以笑眯眯地看人下棋。舅妈甚至在家中院里安了口地秤,如此往来的货车可以开进院称重,而舅舅只须坐在院口收钱。

我听了地秤这主意,对舅妈佩服得五体投地。这不单是一个女人在逆境岁月中凝结的力量,更是智慧的光芒。这样的女子不当村委会主任,又有谁能当呢?但姑娘们又跟我说,农村的社会关系,远比城市紧密,今天你家农忙,我家老汉去帮把手,明天你家割麦,我家男人去还个情。和老天爷对抗,平衡了一代又一代的土地人,靠着劳动力的互相往来,有借有还,一起活到了今天。而舅妈家,没有多余的人,谈何容易。

在家里，她独自一人照顾舅舅康复，还要养活孩子、伺候老人，接项目、开厂子，地里的玉米还不忘收。在村里，她一早就积极地入了党，日复一日地帮着村民解决大小事情。加上她读过书，识字又好学，很多村民越发相信她。小霞说上次去看她，家里放满了各种收集材料的表格文件，舅妈说，有些村民不识字，填不好这些表格，她就帮着弄。

陇西县有四十二万农业人口，二百八十个村子。舅妈管的村子，地理位置不错，人口较其他村多些，有两千余人。村委会主任虽是芝麻大的小官，却是一家一户实实在在投出来的。

后辈女子的干劲，或许在前辈女子们身上总是找得到渊源。小霞指着我坐的沙发说："姐，你知道吗？我家姑姥，也是个传奇女子。就你坐着的这套沙发，已经用了二十多年，当年就是姑姥从兰州托人运来给我们的。当时我们全村，只有我家有这沙发呢。"我摩挲着边角略有褶皱的沙发，想象着它当年被从货车上卸下来时，小霞一家人欣喜又新奇的模样。

1930 年生人的姑姥本是地主家小姐，到了论及婚嫁的年纪，却因为成分不好，处处碰壁。媒婆好不容易说得一家亲事，在山沟沟的最里面，姑姥就一路逃婚到了兰州。零工做了几年，姑姥终于在面粉厂寻得份稳定的工作，也嫁给了做医生的丈夫。然而好日子没几天，饥荒年来了。姑姥心疼老家的亲人，每天下工前在袖口蹭上一圈面粉，掸在布袋里集着，一口一瓢地蓄满，托人带回陇西。再后来，姑姥中年丧偶，独自拉扯四个孩子。最小的儿子刚成年不久，老家的二哥又离世，留下两个半大的娃娃。姑姥又默默地带起了两个侄子。

小霞说每年只见国道上来往的车不时地捎来姑姥送来的稀奇玩意儿：吃的用的、家具电器。直到小霞爸爸有次去兰州看她，家里人才知晓，姑姥为了养活孩子们，在面粉厂上班前下班后的每一个清晨和黄昏，还要再做一份扫大街的差事。

好在如今姑姥的子女都安家置业，侄子俩也在她的指点下学了厨师的手艺，去了江南水乡的饭店颠勺。姑姥大半世的操劳，终于换得了晚年的一丝逍遥，可以喝茶看报、养花种草。

据说前年姑姥在子女的陪伴下回了一趟陇西老家。别处不去，只是要去武山上的水帘洞。问她，说是要去找麻线娘娘还愿。靠天吃饭的人不免遗留些封建迷信的思想。

想想我在西北这片土地上结识的女子们，似乎是或多或少都带着点儿麻线娘娘的模样：不甘于命运，不放弃奔跑，继续向前方。

我有一年下乡，搭了一辆女师傅的车。她与我同岁，已是两个小学孩子的母亲。好赌的老公终日无事，她一边拉扯孩子，一边跑车挣钱。她的车虽然只是普普通通的一辆小面包，但是被收拾得整整齐齐。恰好我坐车那天她穿了一件白色的毛衣，所以她还特意在安全带上卷了几圈纸，怕弄脏了干净的衣服。下乡的路往往漫长崎岖，所以我们一路上聊了很多，聊的什么我早已不记得。只记得，后来送我到机场，她有点儿不好意思地说："哎呀，能不能跟你拥抱下。"我们拥抱。我跟她说:"下次来一定还坐你的车。"我走后,听姑娘们说,她有时候念起我,说:"从来没有见过那么美的女孩子。"

我听到这转述的表扬恨不得羞愤自尽。这些年偶然想起,也只有惋惜:大千世界,各种美丽,可惜大山里的她,不曾得见。

这片土地上的女子们,有的留下来,有的走出去。我自视没什么资格讨论别人人生的选择题,但希望她们无论走到哪里,都落地生根,心中欢喜。

12. 当一个有白癜风的男孩儿和人握手

认识林同学大概有两年多了。最初是在人声嘈杂的展会上，他穿着一身校服，拿着本子，到各个展台前细细地询问每家学校的情况、学费、奖学金的申请条件等事宜。我和他高中时的 Y 老师十分熟悉，所以知道他高中读的是一所价格不菲的国际学校：动辄有开几百万跑车的明星和零花钱每月数万的公子哥。所以林同学一笔一画在我们学校宣传页上圈出学费和生活费的样子，深深地留在了我心里。我想这应该是个懂事的孩子。

后来去他们高中拜访，又见了他。依旧是穿着长衣长裤的校服，袖子拉到手背处。我这人眼尖又心贼，给学生们讲着课，也不碍四下扫视，便看到了他手背上奶白色的癜痕。私下和他老师确认之后，本想介绍一位曾有不少治疗成功案例的大夫，又觉得既然孩子拉低了袖管，大概是不想我们大人过分地谈论这事，也就作罢了。

大概一年后，我换了工作。不能再时常去拜访，但和朋友们的联系一直没断。有一天，Y 老师发微信给我说："你知道吗?

林同学上街去和路人握手来着。"

　　他在 2022 年深秋的两个周末，在北京市朝阳区的商圈街头，对陌生的路人说着这样的开场白："您好，我是个高中生，我有白癜风，这个病是不传染的。我可以和您握个手吗？"

　　最初的五个人，婉拒了他，像我们大多数人匆匆赶路时被送传单、广告，被问"游泳、健身了解一下"时的反应一样，低着头、摆摆手，对他说："不好意思，不方便。"

　　第一个握住林同学手的，是一个环卫阿姨。她说："嘻，我儿子也这样！别觉得这是个事儿哈，孩子。"然而事情并没有在第一次握手之后变得童话般顺利起来。四天的时间里，林同学问的人足有三四百个，最终肯和他握手的，不足四十人。平均每问十个人，才有一个同意。最夸张的是一位坐着轮椅的奶奶，林同学小心地靠上前去，问她可不可以握手，奶奶立刻从轮椅上站起，推着轮椅掉头就走。

　　我想再坚强的人，看到眼前的景象，总归心里还是难受的。林同学嘴上说着"没事。很多人不理解、不接受，这也很正常"，眼里却还是闪过一丝浅浅的忧伤。

　　热心人也是有的。有大爷拉着林同学的手，一个劲儿地给他介绍北京专业治疗白癜风的医院。有面相凶狠的花臂钢琴老师，一遍又一遍地鼓励他。"这个病，我跟你说，我知道，不是什么大事。你一定要有自信，做自己。你知道吗？最重要的就是做你自己，你要自信！"有路人给他出主意："你去某某地方，那里的人都特好说话，特包容。"

我也问他，那你怎么没去那些"那里的人都特好说话"的地方试试呢？林同学很安静地坐着，背脊挺直，摇了摇头，说："可能越是对这个病没有了解的人，我就越是想让他们多了解吧。本来就很包容、很友好的地方，那我就没必要去做这件事了。"

林同学双手手背开始有白癜风迹象的时候大概才五岁。起初只是一个小点儿，去医院看，开了药膏来涂，结果白斑越来越大。又去本地据说专治这病的中医处去看，喝了两年苦汤药，病情没有好转，胃口又变得差，吃不下什么东西，一个苹果都要分两天吃完。于是终于断了汤药不再喝。我有些小心地问他："虽然你现在谈起这个病挺从容，但是有冲动去和路人握手，还是因为有过一些不太好的经历吧？"

他点点头说："我记得小时候去游乐园玩，有的家长看到我的手，会一把抱住自己的孩子，不让他靠近我和我玩。"

在林同学的"和路人握手"项目里，他和愿意与他握手的人拍下双手交握的照片，然后从包里掏出一朵批发来的玫瑰花，送给这些和他握手的人。我问他是想鼓励这些勇敢的人吗？他想了想说："应该是为了感谢他们。"

这主意最初来自他的老师、我的好友——Y 老师。但 Y 老师只是说或许可以利用林同学摄影的特长，拍一组不同的人、不同的手的照片，配上有哲学深意的主题。是林同学自己往前走了一大步，把自己和自己的双手摆上街头。

我是半截身子入了土、脸皮在工作里包了浆的人，但要我上街去和路人搭话，即便只是做个问卷、发个传单，我都是不肯的。更何况像林同学这样要把自己交出去，给别人看。

所以，虽然林同学可以在几个月后的今天，在和我、和其他老师相约的午饭里，迎着从玻璃窗透进来的阳光，说上一句"真的，也没啥大不了的"，但是在我心里，这不是一件小事。

我和 Y 老师感叹："咱们这些成年人，真的要小心和孩子们说的每一句话啊，说不定哪句被当了真。"

Y 说："是啊。白癜风不传染，但是爱会。"

Chapter 2 / 第二章

我的故事

13. 我的名字

有一天看到一条美国某大学的国际学生的视频：几个朝气蓬勃的后生脸，讲自己的英文名字和母语名字。大概因为美国大学的国际学生许多是亚洲人，再加上亚洲语系的名字的确和欧洲语系的发音有着极大不同，所以有取英文名字需求的，总是中国、韩国、印度等地的学生们。

视频末尾，一个叫 Joanna 的中国女孩儿，怯生生地说："我觉得"Joanna"这个英文名字很美好，但又觉得少点儿什么。我还是喜欢和所有人讲我原本的中文名字。"我觉得姑娘说得情真意切，也十分相信她确实怀有这样的小烦恼。但一直游走在各个名字之间的我，却有着不太相同的感受。

如今写在我身份证上的名字，并不是我出生时候的名字。由于早年父母离异和我母亲的强悍性格，我在上小学之前进行了连名带姓的大改变。大约在我五岁的时候，一天傍晚，母亲带着我坐公交车回家。在车站等车的时候，她突然抛出了一个关乎我人生的重大问题："'航程''子然'这两个名字，你更喜欢哪个？"

　　我在车站的白色护栏上晃着，心想："航程"听起来像个男孩儿，"子然"听起来像大自然一样，挺不错！于是，在公交站台上，伴着灰蒙蒙的天空和等车的彷徨，我给五岁的自己定了名。很多年之后，从母亲和别人的闲谈中，我才知道她从小的梦想是当海军、坐大船、穿蓝白相间的海魂衫。那时我才明白，她当年给我起的另一个名字所包含的意义。

　　尽管五岁的我懵懂而无知（如今也一样），但鉴于名字是自己选来的，我总是十分喜欢自己的名字。唯一的例外是早年工作时遇到拉帮结派，"敌方"成员有次误把要发给自己女朋友的短信发给了我，其内容既不劲爆也不险恶，只是提到了我的全名，但莫名地让我觉得字里行间有种冰凉感。后来看美剧，见人吵架时动不动把 Middle Name 喊出来，我方惊觉，原来怕被叫全名的不只是我。此后我便时不时叮嘱新认识的朋友："叫我子然就可以，只有仇家才叫全名。"

　　而我如今在用的英文名，也不是我的第一个英文名，是我后来改的。想来，在紧紧把控自我命运的这条路上，我还真是没少折腾。和许多在义务教育阶段就开始上英文课的同龄人一样，我的第一个英文名字 Wendy，也是拜老师所赐。我谈不上讨厌这个名字，但总觉得和我不甚搭配。我一直觉得名字和人之间有着相互促进的引力，就像任何关系一样，合适的搭配互相助力，错乱的搭配误人误己。所以虽然在中学的几年时间里，一直被叫着"Wendy"，但是我内心是不认的。

出发去读大学前，不知从哪里看到有人叫"Candy"这名字，我便动了心思，觉得当一个甜妹是极好的事，但又有点儿担心这名字过于幼稚，便没有痛下决心。恰好风花雪月的大学时光里，我沉迷于美剧《欲望都市》，看到片尾原著作者的名字——Candace Bushnell，便立刻拍大腿决定：这就是我的名字！

后面用了同样发音的另一个拼写，"Candice"这个名字自此跟了我。在人手一个英文名字的外企圈混了十余年，重名的亦不算多。偶尔在美剧中出现，多半是中途死掉的陪酒女郎或餐厅服务员，从不是任何一个主角名。真要翻字典，又会说是源自希腊语，是正直、诚信、智慧、美丽的意思。当然编剧怎么写、字典怎么说，总归比不上自我解读——在我心里，"Candice"就是"Candy"变了复数，也就是甜妹长大了的名字，于是我可以心安理得地叫到退休。

除去身份证上的名字和写在名片上的英文名字，我还有一个叠字的小名，是只有母亲和幼时认识我的邻居阿姨叫的。它跟我并不亲近，以至于我常常忘了它的存在。这个名字伴随我的日子只有五年，但伴着母亲有三十余年。与其说它是我的名字，倒不如说它是我们母女关系的一种微妙的象征。

想来，我并不太为自己的几个名字困扰，因为于我而言，每个呼唤承载的含义本就不同。叫我"子然"的人，大部分是相识十年、二十年的老友。它当然是最有魔力的名字，唤起的常常是我和对方共同的经历和回忆。它是中学时被点名的名字，是恋爱时被告白的名字，是写在每一个奖状、证书和劳动合同上的名字。它是一份很牢靠的根基，是跑不掉也动不了的。

叫我"Candice"的人，大部分是这些年一起工作的同事和朋友们。它亲切、有活力，发音中便带着爽利和干脆，让人心生愉悦。它有一种我想要拥有的明媚感，像总是带着笑意，它是我想成为的样子。所以我冥冥之中选了它，其实就是选了自己的模具。我心生险恶时，我垂头丧气时，会不自觉地因为这个名字，再努上一把力，誓要终生做一个甜妹。

不管被喊作什么名字，我心里自有对自己的考量。穿梭在各个名字之间，并不会觉得有人格的错乱或缺失，就像每天穿上不同衣服出门上班一样：红也是我，绿也是我，不求完美，但求多彩。

14. 前牛肉湾 19 号

昨天和母亲去办了件大事。把我俩"金贵"的北京市西城区户口正式迁到居住多年的朝阳区。

派出所可能是这现代化岁月里少数保留着非电子化的"衙门"，厚重到笨拙的灰色文件夹里，吞没着数百张人生的记录。摩挲着新的户口本儿，我又一次问母亲："搬家早已十几年了，旧房子也早被铲平，为什么现在才迁户口呢?"她怔着，半晌也说不出什么。"可能就是留个念想儿吧。"后来她说。

我童年的前半段，是在胡同里长大的。西单十字路口的西南角，三十年前并没有什么商场大楼，有的不过是包子铺和肉饼店。长安街往南约莫几百米有一条平行路，这便是绒线胡同了，因为其早年间出售绒线而得名。绒线胡同东西贯穿，可行至国家大剧院附近。所以我在还梳着双马尾的年纪，都是走路去人民大会堂给代表献花的。小时候真的是不知天高地厚，当然也没有神力计算到今天城市的发展，只觉得一年中有几天的下午不用上课，可以和小伙伴们穿着小花裙去玩。如今说起来，怕是成了一种"凡尔赛"语言。

我家并不住在绒线胡同，而是再往北拐进去的小巷子里面，叫作前牛肉湾。这名字的缘由就查不来了，不过我想大抵和贩卖牛肉相关。前牛肉湾 19 号是一个大杂院，里面住的人家足有四五十户。其曲径通幽的复杂程度和迷宫无异，不光来找我跳皮筋的小伙伴会迷路，就是我自己，住了十余年，都不曾去到最里院的人家门前。

前牛肉湾 19 号的残破的院门刷着红漆，总是开着，似乎不曾闭起。进院便是一个颇有角度的大下坡，因此骑着自行车的叔叔婶婶们总是要在门口下车，推着车才敢进去。一进门，左手边便是我们院内的公厕，靠外的是男厕，靠内的是女厕——三层台阶砌起的沟槽上架着条状的木板，木板间隔的空隙便是坑位了，一共三个，承担着几十户人家的排泄重任。公厕旁边住的李阿姨，是院内负责清洁厕所的工作人员，母亲说住户每月分摊的清洁费便是给她。

正对院门的小路不长，两侧共住了三四户人家，路尽头是一个公用水龙头。算起来，这是距离我家最近的一个打水的地方，但是前院的水流总是慢得令人着急，我不常在此打水。水龙头处往左，便进了一个门廊，进口处有木制的夹子钳住院内各户的来信，用线拴起，挂在墙上。我母亲是不太和别人往来的，因此我每次好奇地翻那些信封，也从不曾有机会真的拿一封回家去。

穿过几米的门廊，左手边的院子住了两户人家。其中一家的叔叔夏日常去钓鱼，运气好的时候，会收获一整个不锈钢大盆的鲫鱼，他家的婶婶会吆喝院内的邻居去挑鱼，那日院内便成了小型的活鱼市场，拿上两条小鱼不给钱也罢，但是多半会拿些自家的葡萄、梨子去换。

出门廊右手边，路变得格外窄小，两人通行都是要贴墙方好错身那般。窄路边也有一户人家，房子是从四合院的高屋顶接出来的，所以矮得很，但是屋里家具、电器总是时髦的俏货。再往里，便是我住的小院。

说是小院，其实不过有两户人家：我家和刘阿姨家。院中铺了十余平米的水泥地，屋子间挂有铁丝，好在院中晾晒衣服、被褥。我家门前有一棵槐树，是我姥爷在我还未出生之前种下的，到我搬走那年，槐树已经十七八岁了。刘阿姨家门前放着丝瓜架，结着黄色的小花、绿色的瓜。

照旧理，四合院内是不应种槐树的，"木"和"鬼"框在四壁内，不是什么吉祥的象征。但我依旧喜爱我家的老槐树。初夏时节，它开了花：白色的小碎花聚成一簇一簇，又结成一串一串，零星地点散在树枝间，像是最安静的姑娘戴上了首饰，俏丽可爱。槐花的香气也是特别：不像桂花那样猛烈，似是一个深呼吸便要醉了过去；它淡得许多，纵是一直在树下，也不觉得过分，只觉得清新恬怡，但甜气中又有一丝悠远，总是让我心驰神往。成年后每次路过开着花的槐树，总是要被牵走几秒思绪，不知神游去了何方。

当然我最心心念的是槐花蜜。毫无运动天赋的我，小时候常常上房揭瓦，尤其是和大人们一起打花蜜的时候。尤记得有一年，我们三五个人爬上屋顶，举着各种钩子、棍子，一把一把地把矮处连着花的树枝扯断打下，屋顶上一会儿就铺满了枝叶。累了我们就坐在屋顶上，从身边抓起一把刚打下的花枝，一口把小白花浸入嘴里，草气和蜜香，在咀嚼的花瓣里泛出层层的涟漪。如今当然也可以在超市里买到槐花蜜，但再不是童年的味道了。

说回我家小院。我家和刘阿姨家是构造一样的并排房，所以都是三间依次进制的挑高灰砖房。她家是母子二人，我家是母女二人，所以两个房里都是一间吃饭、一间孩子住、一间母亲住。她家丈夫偷腥时我已然记事，加上偷腥对象又是前院的一个小胖姨娘，所以也不奇怪婚姻生变。倒是自己家，我早已不记得父母为何离异。记忆中最后有父亲的画面还停留在穿着制服的法院工作人员来小院里分割财产，我一屁股坐在老式录像机上，蹬着腿哭着说："这是妈妈买的，不能拿走！"而那已经是三十几年前的事了。

命运的巧合和生活的磨难让我们同刘阿姨家格外亲近。我虽是和母亲相依为命，但是从小倒也不曾发愁吃饭。即使母亲晚归，我也可以堂而皇之地去刘阿姨家蹭饭，总归不差我一双碗筷。十几年后，我和刘家的哥哥相继高考，受他身为中学美术老师的母亲的影响，他考取了清华美院雕塑系，而丝毫未受学理科的母亲的影响的我，考取了清华大学英语系。我们也算是达成了小院升清华率百分之百这样傲人的成绩，如今可以和学区房的老母亲们显摆了。

到我家小院这里，前牛肉湾 19 号不过只走完了三分之一。我小学时有个同学住在里院，我每天和她一起放学回家。三四年级的时候她跟着父母搬走，我也没了去里院的由头。后来我个子大了些，开始不满足于前院水龙头的时候，才为了打水去到里面更深的院子。即便如此，到我搬走那天，也没走到过最尽头的人家。如今想想，也是遗憾。

绒线胡同如今拓宽了路面，可走双向车道，但两侧的小巷和老房子，早已在十几年前随着一个个"拆"字消失不见，取而代之的是高大敦厚的写字楼和商厦，里面满是西装革履的白领们。而我和母亲，在十几年前就搬进了钢筋混凝土的高楼，不必排着队上厕所，也早就废掉了一口气拎两桶水的童子功。可是不知为何，这么多年过去了，我午夜梦回的那个"家"，永远有着红色大门、下坡路、槐花香。

所以每当我拿出身份证，看着住址上的"前牛肉湾 19 号"的时候，总有一丝难言的情绪，似乎只要这行字在，有些东西就还在。也因此，当母亲说出她不愿迁户口的理由时，我是理解的。

给新身份证拍照时，我特意穿了深色的外套，化了精致的妆。拍照的警官看了看我的旧证，又看了看屏幕，和气地说："比以前瘦了好多呀。"我应着："嗯，变了很多。"

我们都被时光推着走，变了模样。即使妄图守住一行字，也必然有守不住的青春。好在，起码换得了今天的故事可以讲。

15. 我的中学

在小学要升至初中时，我算得上是我们绒线小学的好学生。除开课业成绩不说，升旗时候的发言、大会堂的献花，多半有我一份，因此那时念着要保送去市重点中学也不算痴心妄想。

但我似乎从小就长在别人的眉眼之下，对人情世故格外敏感。一早便有感，较我而言，班主任更喜欢我们班上有着俊俏模样的小男孩儿，那稀缺的保送名额怕不是我可得的。于是在母亲的安排下，我另寻出路。

我的中学母校——西城外国语学校，彼时是一间民办公助的学校。在二十几年前，非公立的学校还是颇新鲜的，如今盘踞在顺义区的民办学校们纷纷叫着洋气的外国名字。中学时的我像是穿着中式大褂的书生，与现在的西服礼裙相比显得过分朴素。不过因为是民办公助这样的形式，因此和其他公立学校比，又颇有些特立独行的味道。

学校的老校区在西直门桥西南角，人民医院往西的小巷里。单体狭长的教学楼坐北，往南是操场和食堂。差不多是我初中读完要读高中的那年，土夯的操场翻新成了塑胶的。再后来陆续合并了几所附近的学校，于是高中的三年我们又搬去了立交桥东南侧。

我刚入校那两年，职高部确实还在。我总记着那些哥哥姐姐们穿着好看的深色西装、白衬衫、黑色的小跟皮鞋，显得时髦漂亮；而我们这群中学生只能穿着灰蓝色松垮的化纤质地的校服，运动鞋，越发衬得灰头土脸。在课间操见着彼此，仿佛不是从一间学校出来的，有着无论多殷切的目光也打不破的屏障。

学校是个外语特色校，所以不时有些长得宛如圣诞老人般的老师来上外教课。不过对我们学生而言，大概还是"餐饮示范校"的名头来得更恰如其分。据悉，无论市级还是区级的领导来参观，食堂总是考察的核心，可见我校大厨那能喂饱人肚皮的本事。

即使二十几年过去，食堂的经典菜也刻在我唇齿的记忆里。鱼香肉丝、宫保鸡丁、烧茄子这些算是基本菜，吃时须将菜直接盖在米饭堆的小山上，仔细地拌起，最好是待到粒粒米饭都挂上咸香的芡汁，再用勺子（一定要是勺子，筷子太过优雅小心，不适合这粗鄙的畅快）扒拉进嘴里。

芫爆散丹其实不过是香菜炒百叶的风雅叫法，据说它应算是鲁菜，如今只能在东兴楼这般老字号的菜馆里寻着，但是当年我们却常在食堂得见。多难清洗干净的香菜，少一秒生、多一秒老的百叶，记忆里竟只留下清新爽脆、香气逼人的印象。我笃定我们大师傅应该是个绝世高人，凭意念控制着食堂的大锅，将食材抛入空中颠炒，看着翠青的、白糯的段子在慢动作中交错着跳华尔兹，最后在礼毕的音乐中装盘上菜。

当然我们食堂的秘密武器不止这些。每周或是隔周要有那么一次，一进食堂门，便能听到同学们的喃喃细语，人群的流动速度也比平时急促一些，有时会挤成小团状。不消问便知：今天有肉龙。

肉龙又称懒龙，将肉馅裹在面皮里，将面层和肉层卷起成长条状，上锅蒸熟，再分切成巴掌宽的段儿。大概是因为长条的面饼酷似龙形而得名，但是名字不重要。只要白案师傅们做了肉龙，那定是学生们的节日：抢先进了食堂的，算是占了先机，一股脑儿围在主食区。在"排好队！"的斥责下，又唯唯诺诺地挤成一队，前后推搡着，生怕落下自己，小碎步挪向最远处的藤编大筐时，口水已经不争气地在舌底打转儿，待到打饭的师傅掀起藤筐上的棉布，露出排列着的肉龙，总是心里暗数着还有几块轮到自己。

被切开的肉龙，是最能勾引人的妖怪：露出的肉馅常常作势要蹿出来，肉汁层层滴落下来，染得白面不再纯洁。那原始的味道本就动人心魄，又恰在师傅把盖布的一掀一合中被赋予了欲盖弥彰的韵味。在这般时刻，即便是玛丽莲·梦露、斯嘉丽·约翰逊又哪里算得上性感尤物呢？在我心里，食堂的肉龙才是这世间食欲的终点。

"每人一块儿，每人一块儿啊！"师傅们这样喊着，用夹子钳住一块儿切好的肉龙放进不锈钢的餐盘里，自然地小幅度挥着夹子，示意盘子的主人快些走开，再果断地夹起下一块儿，放下。你看，所谓的"饥饿营销"，早已是食堂师傅们玩剩的把戏。

我的中学几任校长都是英语老师出身：王校常年留着卷发，穿各种样式的复古连衣裙；尉校个子不高，可精力顶天，激情澎湃又摇头晃脑地带着我们念校训。唯有高中时期的独臂马校，我忘了教的是政治还是历史，总之和外文毫不沾边。但我把洋文念进肚子里的这些年，却时常想起他。

似乎是没人知晓他独臂的来由，我从见他那天起，他便身穿发黄的白衬衫，右侧的袖子从胳膊肘的位置往下空荡荡的，透得过阳光。他有时把袖子挽起，打个结；有时就任那空旷的袖管随风飘着。下班时间，会见到他独臂骑车的潇洒模样，像极了大侠。马校高大，瘦而黑，和讲英文的校长们自带的随和气质不同，马校是严肃的、不怒自威的。说不上是因为他的学科，还是因为他独臂的外形，学生们大半是不敢惹他的。但你要说这敬畏是因他脾气不好，常训斥我们，也是冤枉。他似乎也只是在校会、周会上，顿挫有力地沉声说些毛孩子们应该明白的道理。马校当年在校会上说："最好的学习习惯是，大考大玩，小考小玩，不考不玩。"我于是耳提面命般，在各种远离大考的日子里，每每看书到深夜，然后在高考前两天，约着老师、闺密去紫竹院划船。

二十多年过去了，无论读书工作，我少有为"deadline"（最后期限）焦虑的时刻。我大概欠马校一声谢谢。他当年的教导，如今成了我常常嘱咐后辈的话语，也算是不枉他的苦心。

我小时候写作文，老师会扒拉着试卷，抬眼警觉地看我，问："这是真的还是你编的？"吓得我像刺猬一样缩起来，恨不得把大脑敲开，掏出血淋淋的海马体证明自己的清白。到中学前半段，我依旧写不好文章，但是周青老师不急，喊我去办公室，用北京大姐的口气，半是批评半是调侃地说："咱们这样不太行啊，不太行。"

周老师标志性的及腰黑长发中有一缕白发，约莫有两指宽。所以她甩头发时不会令我们有洗发水广告中那般散发香气的幻想，只觉得是梅超风的徒弟要发功了，下意识地要躲开不知会从哪里来的暗器。我竟想不起来是如何被她调教的，最后文章总算写得及格了。

英语王老头儿最是高人模样。小个子，眯眯眼，讲起英文有着浓重的转音。王老头儿教我们时已是返聘教师，最是不在乎那些世人眼里的规矩。他是老烟枪，因此绝不会拖堂。上午最后一节课若是他的，自然免去了前排同学要轮流"掉勺子"的戏码。下课铃一响，馋虫勾魂的姑娘小伙们"嗖"地一下蹿出去，他就信步走下讲台，踱着步子，掏出烟，在距离教室门口最近的一扇窗户处停下，点烟，吸一口，把烟雾吐出窗外，方才回神，环视鱼跃出动的孩子们。我后来熟了他这调调，下课总是自然而然地陪他走到窗边，守着天井中洒下的光晕和腾空而起的烟雾，进行我们课间的答疑。

记得"非典"刚出端倪时，王老头儿一边把夹着烟的手伸在窗外，一边神神秘秘地对我说："你知道吗？抽烟的人不会得'非典'！"话毕，又再猛吸一口。

抽烟究竟能不能防"非典"这般"大学问"我是无从知晓了，但是一直抽烟的王老头儿过得挺好。彻底退休之后，他大部分时间在家照顾行动不便的师母，偶尔发来的视频里，他在拉年轻时买的手风琴。

我们几个同学每年过年都风雪无阻地去打扰的是教化学的于老师。倒不是这十几年来吾等皆在化学上有所成就或是私心喜好，譬如我是个学文的，一早就抛弃了数理化，只是于老师在我们心里大概不算是"化学老师"，而是"人生老师"吧。

我已然下决心学文的高二后半个学期，终于可以堂而皇之地讲对物理的憎恶，但化学课的本分还是在守着。明知这事快要与我无关，一心只想交差。如今想想，像极了辞职之后的交接期，脸上露出假装的不舍和克制，内心其实早就笑开了花。

于老师有天在讲题，忽地立定在教室中，直勾勾地问我们："你们说，你们学这些配平方程式，记电解不电解，是为了以后有用吗？"然后不等我们回答，她接着说："没用。这些方程式，你们大部分人一辈子也用不到。"她讲话的声音浑厚有力，可能是做了多年副校长的缘故。"这些，是为了让你们形成严谨的、认真的、一丝不苟的思维模式。而这种思维模式，才是对你们一生有用的。"

那时我们才十六七岁，被当成"什么都不懂""以后你就明白了""跟你说这些没用"的孩子十六七年，只有于老师，似是未有一天当我们是孩子，未有一天低看过我们。

她常常在讲完难题之后说："这道题，我就只能想到这个解题方法了。大家还有没有更好的方法？课代表，你来讲讲你的想法好不好？"然后把黑板和粉笔让给我天才般的同桌。

十几年了，春节假期里总有一天，我们要热热闹闹地在于老师家聚会：包饺子，吃火锅，打麻将。老师家的孙女从尚且可以骑在课代表脖子上玩耍的年纪长到已念完大学，而我们这些参加活动的人也从"独自一人"变为"携家带口"。于老师家每年过年都极繁忙，迎来又送走一波又一波像我们这样来添乱的人。然而每到年关，老邻居们总是要问她："包饺子的那拨来了吗？"

我读中学的那个年代，社会尚且没有如今这般"电子化"，相熟的同学之间交换的亦不是微信二维码，而是悄咪咪写下的住宅电话号码。那时候，若是刚到家门口时恰好听到房里的铃声响，大概开锁的手都要慌乱几分，三步并两步地赶去接电话，顾不得什么换鞋、放书包之类的琐事，仿佛是预见到电话的另一端定是来寻自己的。哪怕是个把小时之前刚分开的同班同学，接起电话也总有说不完的事要讲。

到如今再听到电话声，大半是心生厌弃，开锁的动作要刻意放慢几分，步子要踱几寸，念叨着"谁这么恼人，还在打"，遂不情不愿地接起，拖着嗓子应："喂，哪位？"仿佛青翠的欣喜褪了色，只剩下枯黄。

小时候交友的诀窍是什么呢？无非是住得近、坐得近。和坐在前后左右的伙伴换作业，和住隔壁街的同学一起上下学，友谊的建立简单而直白。如今的大数据、互联网，高深的统计和算法，未见得拉近人们的交往距离，而二十几年前拉近关系只需一句话："你家住哪儿？放学一起走？"

初高中六年与我结伴而行的是个女子三人小团伙，加我有四个。我们放学的路线总是围绕着吃喝：校门口新开的门脸卖红豆馅的车轮饼，两元一个，先买上四个。等到达档口，恰好看着老板把面糊浇在模具里，填进红豆泥，半熟的饼盖加上，边缘处有些焦脆。饼子做好，人也到齐，于是各自啃着热乎乎的饼。

有时还会在路边遇到卖毛鸡蛋的婆婆，K君自然要买上一串，有时再加上一串烤鹌鹑。油滋滋的肉皮撒上大量的香料，没有不好吃的道理。但我总是怕极了可见形状的动物尸体，彼时也不敢尝试。

骑上不远的一段路，就到了著名的动物园服装批发市场。我们终日藏在校服里，自然是没什么时尚追求，目的地是批发市场路口处的麦当劳。我中学时的零用钱是每周五十元，运气好时能有百元，但这般吃下来总是扛不住，于是自然要省着些。我们每次都是薯条点两份，咖啡点两杯，再讨两个空杯，四人分着来吃喝。常常是作业写到中途，咖啡已经喝完，我们便再端着四个空杯恬不知耻地去续杯，如此往复到暮沉日落，才作鸟兽散。

当然也有被抓包的时候，有次被戴黑框眼镜的服务员小哥斥责："你们当时买的是两杯！怎么拿了四杯来续？"我顿时羞红了脸，鼓着腮嘟囔不出个所以然，端着托盘的双手攥紧，上面的四个纸杯瞪圆了眼看着我的窘境。

有时也去各家玩耍。我姨妈家的客厅，是四个女生裹着被子依偎着看恐怖片的场地；K君家的小屋，往往有碧绿色麻将牌的"赌局"；J的律师父母都不在的暑假，我们自己包白菜猪肉馅的包子；L小姐生病在家时，送一碗扬州炒饭给她吃。

读到高中的时候，《流星花园》火了起来。班里的男生立马凑出了F4的组合：有一直在比赛谁更能吃的大卫和小奇，有永远在课上睡觉的"学霸"，有每一段恋爱都是认真在谈的"情圣"。高中男生在攀比的东西我大概是永远不懂了，比如"比吃"这件事。从学校食堂一座座的米饭山，到军训拉练谁吃了九个包子、五个鸡蛋，让人莫名其妙。

有一年我们去西柏坡进行爱国主义教育学习，两个圆桌的男生较起劲来吃饭，也是不知哪里来的好胜心，非要嚷着自己桌最能吃。不知情的班主任中途路过，只见一班的小伙子闷头猛吃，好心劝慰："别急哈，米饭吃完了可以让师傅再加。""情圣"抬头，借着喘气的空当儿说："老师，这是第十一盆。"

我们小团伙人数众多，又是学霸、体育健将、学生会干部这样的组合，自然是免不得跋扈。上课一队人迟到，本是唐僧念经般的物理老师也只能摇摇头，叹上一句："唉，咱们班，干部比较多哈。"生物老师刁难大卫，学霸就在生物课上公然吃饼，说："我饿。"

运动会、戏剧节、英语比赛、歌唱会，我们得第一名是应当应分，若不小心得了第二名，则是我们发善心给别人机会了。想起来我人生最不知天高地厚的那几年，就是在那片黄土校园度过的。好在，狂妄和愚钝都有人共享。如今《流星花园》的 F4 早已多年不同台，而我们这班兄弟姐妹倒是一起走过了二十几年的人生悲喜。

我有一件旧 T 恤，舍不得扔。它的领子早已松垮得不成样子，肩膀处布料缝合的地方也已泛白，最糟的是十几年的汗水早已浸透了纤维，洗涤剂的香味怎么也染不透。可我非但不肯扔掉它，每每我生病、难过、沮丧、六神无主时，总是要翻它出来穿才安心。衣服或许和人一样，新有新的欢喜，旧有旧的安逸。

16. 也说高考

2001 年的夏天，北京举办了世界大学生运动会。我那时读高一，随着同学们一起被征调入开幕式跳小草舞。

或许每个人都有年少"黑历史"，于我而言，这小草舞的装扮无疑就是了：剪裁粗暴的吊带裙裹在环肥燕瘦的半大孩子身上；拖地的裙摆外面有一层嫩绿，里衬有一层艳粉，供我们起舞到半途能一下子变色。每当看老照片翻到这个时期，我总要加速翻过去，生怕自己把自己吓出什么毛病。

倒是有件小事，我不时会念起。那是又一次大型彩排，我们集结成以学校为单位的豆腐块，围着工人体育场的外墙列队等着。全北京各大院校的学生们怕是都被遣于此，青春期的荷尔蒙像破土而出的新芽，稚嫩中笼着几分泥土气，在三伏天的闷热中，弥散在夕阳之下。

一个学生方阵寻着老师的喇叭声从我们身边走过，威风的旗手显摆似的挥着紫色的旗子，带领着后面的同伴。旗面在他的摇摆中发出"呼啦，呼啦"的声音，突然，垂下的旗子角"啪"地打了一下我的头。我还没回过神，旁边的同学打趣："×× 大学的旗子都来打你，看来你一定是要上 ×× 大学！"

2003 年的夏天，我在读高三。一模之后，因"非典"我们全部放假在家，不得返校。彼时没有网课，也没有微信群。"回家好好复习吧！还有不到一百天高考！"老师无可奈何地宣布，把一群孩子分派回家。

差不多两个月的时间里，我以母亲买来的湖北黄冈真题为伴，保持着和考试一样的作息和时间，按周给任课老师们打电话请教。母亲一面坚持上班，一面偷溜回家给我熬绿豆小米核桃粥。我至今不知道她是从哪里寻得的方子，非要把消暑、养胃、补脑一锅解决。但我体谅她的难处：对赶考的孩子，父母除了熬粥，还能做什么呢？于是我总是一碗又一碗地喝到底。现在看来，我时不时透出来的不惊不喜，无嗔无怨，可能和十八岁就看遍人世的荒唐多少有些关系。

发分数的那天早上，大概是七点都不到，我的手机发出"滴滴"的声音。我点开手机短信，查看每一科的成绩，和我心里约莫的差不多。翻到最底一行，总分是个颇吉利的数字。同学们开始互相通话，探着消息，彼此安慰或恭喜。我倒始终未有过那种寒窗苦读而今状元及第的惊喜感。班主任问我："志愿想好了吗？"我想起那个被旗角打过头的夏天，说："紫旗子吧。"

人生有时的际遇，真像是散落一地的珍珠，任你一颗颗捡起、串上后，才能看懂神明的巧思。后来有幸做了教育工作的我定是不会让学生像我当年那般草率决定。前阵子我写的一篇小文里，把选学校比作选对象，大力倡导了一把"自由恋爱"，批判了"指腹为婚"。我这样讲，是有依据的。

我当年握着万人艳羡的通知书进校报到的时候，只觉得晕头转向。女生们叽叽喳喳地讲体测要跑两千五百米的时候，我一度昏厥。再听说校医院要从学校大门骑车十五分钟才能到达的时候，一个在巴掌大的胡同里吃百家饭、穿百家衣长大的我彻底崩溃。于是几乎是溺水的旅人抓着浮木一样，我跑去听了香港几所大学的招生宣讲，然后在胖乎乎的教务长和小脸庞大眼睛的招生老师那里找到了一丝安慰，又在几乎所有人的不解中转学去了"渔村"。

所以但凡工作后认识的人，并不知我这段颇具戏剧性的经历。我也不敢以紫旗子的荣耀遮风避雨，当然偶尔遇到同门的时候，我也会害臊地说："我是三字班的，不过只待了几天，就跑掉了。"

十几年来，我总是有点儿避讳讲自己的大学，紫旗子也好，"渔村"也罢。因我自知有愧：于上，未能报国；于中，见民生不够；于下，亦学术不精。遂不敢动辄讲"母校"云云，怕这母亲要跳出来打我这不争气的儿。

十多年前的今天，我的高考结束了。但是我人生的大考，那一天方才开始。我时而惴惴不安，时而得意扬扬，日复一日、年复一年地继续着考试：写的每一个字，讲的每一句话，待过的每一个人，考成也好、考败也好的每一件事，考胸怀可有天下，考立足可否扎根，考盛气时的良心，考苦难时的韧性。

　　这是我终生的、无期的、脱不掉的大考。愿那最终的答卷可让母校以我为荣，那么，也算是不愧对当年的那一方旗角了。

17. 我的香港情

　　我最近看湖南卫视综艺《声生不息》看得十分起劲儿，上下班路上听着粤语金曲摇摆，连看阴雨的天气都觉得仿佛透彻几分。我虽然是在皇城根下土生土长的"胡同串子"，却没有在北京诸多的学府中过上骑着单车上课、拿着饭盒占座的大学生活。十几年前，一张港龙航空的机票，把我送到了彼时刚回归不久的香港，让我在九龙塘地铁站 A 出口附近的香港浸会大学度过了近四年的时光。

　　最初的一年，并不顺利。本以为可以靠还算不错的英语顺利生活，所以对学校安排的粤语课不屑一顾。粤语难学，九个音调，开口音、闭口音稍有偏差便会因说错而被笑，也就更没有了学习的动力。很多年之后，我才渐渐明白，任何一地的乡音都是最根深蒂固的文化屏障，也感悟到了那一句句"多谢了您哪！""侬晓得伐？""猴赛雷！"中隐藏的亲近和熟悉。

　　我的第一个室友是个时髦的香港女孩儿，和我同住时已经是高年级，又是舞蹈队团员，活泼好动，完全是一位社交达人。而我那时是初来乍到什么都没摸清的北方妹子，电脑都是问学校暂借来的显示器占半张桌子的老古董；衣服是从动物园批发市场买来的格子衬衫，还有班尼路的牛仔裤。我自以为高级地用英语夹杂着普通话和她沟通，她也不拒绝，但脸上总是带着几分骄傲，小小的个子常能站出低头看我的神态。我想我的无知肯定是给她添了几分烦恼，后来当我可以听懂一些粤语之后，我听到过她和朋友打电话讲我的不是。那时我就躺在床上看书，距离她大概不过一米。

当然热情友善的人也很多：教会的同学热情地传递着善意，学校安排的辅导家庭带我去吃牛排、喝下午茶，新闻系面目和蔼的教工爷爷问我有没有去过山顶，要周末带我去看风景。只是我的心锁着，笃定靠自己也会过得很好。

浸会大学的宿舍在九龙仔公园的一侧。我于是常在夜晚去公园跑步，用砖头一样笨重的随身听，听老罗还是新东方老师时的语录。年轻的时候有很多怅惘，觉得世界之大，怎么处处是牢笼；又忽而自命不凡，假装看不到天。于是我常蹲在深夜的路灯下抽烟，我彼时的好朋友会静静地蹲在我旁边，我俩好像地里长出的两个蘑菇。

有次警车路过、停下，阿 Sir 摇下车窗问："你哋有乜嘢事？你哋喺边度住？"

俩人秒尿，清醒理智地摆手表示没事，老老实实地交代："就喺隔篱嘅宿舍住。"

宿舍在属于老牌豪宅区的九龙塘，步行十几分钟，便是启德机场曾在的九龙城。早年香港警匪片里常见的九龙城寨早已被拆除，但和高楼直插九霄的中环不同，这里总是有浓到抹不开的市井气息。我和三两同学赶完作业，总爱在夜晚十点或十一点去九龙城吃消夜。泰国菜餐厅有人高马大但优雅着裙的服务员，我们私下叫他"人妖姐姐"。学生时期口袋总是紧巴，四个人点一份咖喱蟹、三份面包，非要把盘子里最后一滴咖喱酱也挂到面包上吞下，才算结束用餐。

过年时不能回家，便约三五好友去吃打边炉。港式的火锅重食材味道，轻调料。对我这种血管里流着麻酱的北京人来说并不合胃口。但是热气腾腾的炉边是朋友们"哎呀，吃一点儿羊肉吗？下一点儿菜好不好啊？"的招呼和白里透红的脸，于是心情也像牛肉丸一样圆滚滚地漂起来。

九龙城的甜品，是我心中的第一名。街边有家卖蛋挞、椰挞的小店，不过四五平方米。做好的挞放在不锈钢盘子里摆在窗前，白色小卡片上用黑色的记号笔写着"蛋挞6蚊、椰挞7蚊"。我每次都要咽着口水在窗边扒着看一会儿，暗自盘算要吃几个。很多时候，买个椰挞想回到宿舍美美地吹着空调再吃，但牛皮纸袋也裹不住的椰蓉香气总是把我打败，所以一路走，一路小心地吃，回到宿舍时，渣都不剩。

糖水铺们更是出名。黑芝麻、双皮奶，听着都不是什么高深的食材，但是九龙城里总有街巷尽头的小铺子，让你吃一次就忘不了。夏天时，逼仄的店铺坐不下所有家人，大家便支开一张张桌子，在路边吃冰。偶有呼啸而过的跑车停下，打包几份班戟、西米捞带走。有次我们吃完往回走，同行的女同学和迎面过来的人擦肩，走过几条街反复确认之后，我们方才确定刚才碰到她的人是成龙，然后大笑着喊她："你这个被成龙碰过的女人！"

很多人心中的香港，其实是香港岛。我虽然也喜欢天星小轮、叮叮车和北角的大排档，但是对高楼林立的中环，或者人潮如织的铜锣湾并没有什么贪恋，我独爱大澳。记不得是在哪部香港电影里，男女主角在大澳渔村的街头散步，夕阳落在海上，也照在女主的脸庞上。橙红色的光和灰蓝的海水融合在一起，给悲凉的底色染上了一抹温情。

所以我每次去大屿山，第一站是大佛，之后便是绕过半个岛去大澳渔村。岛上的路曲折盘旋，小巴是唯一通往渔村的交通工具，每次我都晕车到昏头。但是在满足咸鱼虾酱味的老街逛逛，我又总是能莫名地安心下来。

弥敦道沿线的油尖旺当然也是常去的地方。波鞋街二楼的沙爹王、意粉屋是几十港币就可以吃得心满意足的平价首选。比随处可见的"SaSa"（莎莎，化妆品零售集团）略多些神秘感的龙城大药房，总有一群举着雅诗兰黛或者兰蔻瓶子照片的人在叽叽喳喳地问着："有没有这个？多少钱？我要五瓶。"

毕业之后，回京之前，我和两个大学时期的好闺密在弥敦道上的一间四十平方米不到的三居室小房子住过数月。帮我们找房的地产中介是个胖乎乎的大姐，穿着西装裙，走路风风火火。她知道我们三个都是刚刚毕业的大学生，便没有带我们看昂贵的高档楼盘，只在交通便利也还算安全的地方带我们看了几间小房子。最后这套房子，比市面上所有的房子都便宜不少，我看到价钱时几乎不敢相信。姐姐直白地说："这套房子，之前被用作'一楼一凤'，被警署查了，所以非常便宜。你们愿意去看吗？"

我们三个学新闻的机灵鬼，没有丝毫顾虑。房子虽然小，但干干净净，房间、厨房、洗手间都有窗户。出地铁站只须走不到二百米，楼下还有看门的警卫大爷。我们当机立断拍板租下这套房子。

房东住在隔壁的潮汕总工会，大概是早年到港的移民之一。老爷子看着我们几个女娃，像是自语又像是嘱咐道："我们这房子可不能再租给做那种生意的女孩子了，不然警署要找我麻烦的，以后再也不让我租了。"我们连忙晃出刚刚作废的学生证，拍着胸脯说："放心，我们都是刚毕业的学生，都是正经人。"

我和同住的两个好友商议了暂时不告诉家里人这个秘密，免得平白让老人们担心。但私下也吐槽地互相安慰，看电梯里这个楼层的按钮丝毫不比别的层磨得厉害，可见上一波租客的生意也算不上好。

后来有天我独自一人在家，酷热的香港，总是要二十四小时开足冷气，衣衫也总是单薄。有人按门铃，我没多想，便开了半扇。防盗门外，站着一个个子不高的中年男子，短发，黝黑，样子普通。

"× × 在吗?"

"她不住在这里了。"我摇摇头，轻轻地合上了门。我回到自己的小屋，刚坐下，门铃又响。走过去，开门，是之前的男子。

他有点儿不好意思地低着头，试探性地看了我一眼，又低下头，小声地问："现在……还……做吗?"我立刻懂了，笑着摇了摇头："不好意思，现在不做了。"

再次关门，我暗自觉得好玩。我把这轶事讲给同住的闺密们，她们有几分担心，也有几分好笑。后来的数月里，她俩也分别经历了类似的事，彼此交流，然后一笑了之。

在香港住了三年有余，一言半语，难尽之。香港于我而言，像是少年时代的恋情：初见觉得太过光鲜不敢亲近，再见觉得冷漠高傲互不理睬。别别扭扭地相处下去，方在一蔬一饭间，发觉其克制的温情，伶俐的市井。开始习惯了她，喜欢了她，为她承受酷夏的空调病，阴雨的风湿痛，也觉得心甘情愿。然后，岁月到期，青春有限，便要拿了行李，挥手作别。

爱过，为她心碎过，为她心累过，所以纵使不再见，也总是愿她美好如初。这便是我心中的香港情。

18. 我的减肥故事

正月十五过完，"每逢佳节倍思亲"的恬淡安逸便被"每逢佳节胖三斤"的后果取代。朋友圈里"燃脂咖啡""通便西梅"又开始火热地卖起来。

最近十年认识我的人未必知道，我从十岁出头，便是个不折不扣的小胖墩儿。高三到大学期间用尽了各种或平淡无奇或匪夷所思的减肥方法：节食、吃减肥药、辣椒燃脂膏、耳穴埋豆、手指缠绷带。倒也确实瘦了一些年，度过了二十岁出头的日子。

后来在欧洲食品进口公司工作，每每收到供应商们整箱寄来的样品，我彼时外交官出身的大老板便会手捧着碧绿色的铁皮盒子，在办公室分发手工巧克力："Candice，来尝一尝这个品牌吧，高级得很。"于是这般吃了两年，体重飙升到峰值，超过一百五十斤，伴有轻度脂肪肝。

离开食品公司之后这十年，慢慢地瘦了下来。三五斤的起伏也是常有，但累计下来减重也算超过三十斤。虽然距所谓的"好女不过百"还有一万个"坏女人"的差距，但已经能平静、踏实地接受自己的身形和样貌。

娜娜子有天为节后徒增的几斤肉烦恼不已，让我写写我的减肥故事。我犹豫了半天，并不觉得那些所谓的手段和方法有什么可讲，毕竟教减肥，讲健身，剖析如何对抗各种身材、相貌、素颜焦虑的博主已经多到看不过来了。只好硬着头皮，写一篇毫无实践价值的瘦身故事，供君一笑吧。

有时翻小时候的照片，发现到小学二年级为止，还是看得出我继承了母亲略有些纤瘦的身材的。到了大概九岁，母亲下班带回来几个庄园牌汉堡包，我不知哪里来的胃口，可以几分钟内囫囵吞下三个，像极了猪八戒吃人参果。那几年个头儿算是达到了标准，但体重却发展得过于突出了。小学毕业的集体照里，我就像是一个高高壮壮、红光满面的劳动妇女。

中学六年，关于体重的焦虑和身材的自卑时有时无。我的幸运之处在于遇到了一群极好的朋友，所以并不存在因为肥胖而被霸凌的情况，反倒得小团体的庇佑，和一帮死党恣意地瞎玩，时不时挑战老师的权威，几乎不把其他班级放在眼里。高三时，班主任有次介绍一个北体大的师兄给我，对方客气地说："以后你去了××大学，要是有人欺负你，你就找我。"班主任立马接话说："你放心，她不欺负别人就不错了。"

但是横跨了青春期的中学生涯，没有爱美的心思是不可能的。我记得初二暑假，几个朋友约着去滑旱冰。我在镜子前试了一件又一件衣服，总想挑出一身看着苗条又时髦的搭配，结果选来选去，还是穿了五分裤和宽横条的上衣。二十多年过去了，我那天究竟有没有滑冰丝毫都记不得，但是镜前那个"时尚灾难"的穿搭倒是不曾忘。好在松垮的校服也让我大部分时间不必在乎这些，只需要偶尔考虑一下校服里是穿低领还是高领？什么颜色和藏蓝的校服更搭配？拉锁拉低点儿是不是能产生显瘦的效果？

旺盛的食欲和我中学母校拥有全区最佳食堂的实力，让我从来只想些治标不治本的法子。直到高二末快高三的时候，也不记得为什么，开始狠下心节食。如今想想，年轻就是底子好。我那时每天吃几片康师傅三加二饼干，偶尔放学路上嗑一根白巧克力的迷你梦龙。只有到了周末，才和母亲一起吃上一两顿正经饭菜。这样折腾一通，大约瘦了二十斤。

到了大学、工作，虽然依旧谈不上苗条，但是已经可以摘掉胖子的标签，混入"有些肉"的行列，在大部分服装店都能买到合适的尺码，继而开始大肆地恋爱拍拖。我交往过的大部分对象，没有对纤细身材的执念，不然也不会找上我。但偶尔听对方说"哎呀，你要是再瘦一点儿就更好啦"的时候，依旧像是挖到了自小埋下的"病根"，心里隐隐作痛起来。

好在我在情事上也算运气好，并没有遇到过操控高手或相貌羞辱（大概如我高中班主任所言，那种人都被我骂跑了）。所以虽然有聚有散、高峰低谷地经历了不少，但我总能明白，有些人不合适在一起，有些人没那么爱我，这缘由未必在于我，更绝不在于我几斤几两重。

所以在食品公司工作的那几年，纵使又胖回峰值，也没有太过影响我的心态。又因为多涨上去的肉亦均匀地分布在胸前，所以还一度酷爱穿各种深 V 的衣服。彼时公司的副总是我关系极好的姐姐，常常捏着我的胖胳膊说："哎呀！杨贵妃也就你这样！真好！"前几天听闻，她十几年前在朋友圈发的我的照片，如今依旧被她一个朋友保存着，还不时问："你这个同事还在公司不？"

过了三十岁减肥，是为了身体健康。就像我的上海囡囡 H 小姐：从白胖"萝莉"变身"金刚芭比"纯粹是因为开刀时医生划了两道才划过脂肪层，吓得她痛下决心撸铁；我也是在门诊的手术台上躺了一会儿，给医生报身高体重时，被提醒"该减减了"，才又动了心变一变。

好在年岁总算和脑子搭配着长，所以中年减肥再没有用过太急功近利的方式。起初是先减了晚饭，吃些坚果、酸奶、苏打饼干，后面这八年又开始茹素，所以自然和炸鸡、烤串、炖肘子都没了缘分。最近两年也适度地戒糖、间歇性进食，总算减到了成年之后的体重新低，体检时再不会出现"超重"二字的提醒。虽然注定和"A4 腰"无缘，但照镜子时总算可以对自己笑笑。

我记得中学时的一个傍晚，和朋友在麦当劳边写作业边聊着班花的绯闻，我突发奇想地说："哎，你说如果有一天，咱们也变成大美女，那会怎么样？"她立刻大笑了起来："你和我？别想了吧！"写完作业之后，我俩各自回家。路过服装店时，瞥见镜子里的自己：齐耳的短发、圆鼓鼓的脸、透着油光的皮肤，于是也忍不住想：是啊，美女？我？怎么可能呢？

虽然我如今常常厚着脸皮以"朝阳区宋慧乔"自居，但每当有人对我的外貌送上些许赞美的时候，还是忍不住偶尔跳出来"我？真的吗？"的念头。自小美到大的人大概不知道，丑小鸭很难真的认为自己变成了天鹅，心态上最多觉得自己是只披着鹅毛的胖鸭子。

好在我总归幸运，既不用靠美貌或身材为生，又狠得下心和看我不够顺眼的人断交，所以体重秤上的数字已经不大能左右我的情绪。无论是和亲闺密大吃三天，还是为了穿上白色牛仔裤吃上两周沙拉，只要自己高兴，便是最好的生活态度。

19. 我与母亲

我三岁那年父母离异。自父亲离开之日起，我便和母亲过着二人生活。这中间除了离家念书的不到四年，余下加起来，总共有三十几年。照理说，这样的情况，再加上我温暖善良的形象，早该写写我与母亲的事。但母亲节过了一次又一次，我还是拖拖拉拉，十分不情愿动笔。

其实原因不复杂，只是我无论如何写不出一篇歌颂母爱和奉献的文章（这样的文章倒是写过的，只是写的是别人家的事）。如果写得稍显凉薄，便成了十足的"白眼狼"：不守孝道、不知感恩，要下十八层地狱了。令我原本丑陋的真面目被暴露倒是小事，但若令伟大的母亲们伤了心，那可是天大的罪孽了。

但今天和朱老师吃午餐时，我把自己内心的黑暗都掏出来晒了晒太阳，突然又想：我和母亲之间，虽然情感寡淡，但彼此该尽到的责任和义务都算是完成得不错。与口口声声说着爱，实则以爱之名彼此折磨的亲子关系相比，我们的母女关系健康极了。更何况每家总有属于自己的模式和故事，说不定如我们这般的父母子女也不少哩。退一万步讲，世间像我这般"白眼狼"的子女总该是有的，毕竟狼是群居动物。那便写写吧。

我和母亲的相处方式，用今天的历史变化观来看，大概分为三个阶段：我的幼年时期（出生至十八岁）、我的青年时期（十八岁到三十岁出头）和如今的中年时期（近三四年）。

我尚且年幼而母亲处于中青年的时期，我俩基本走的是母慈子孝的传统路线。在我生命中最早的记忆里，当她和父亲吵架时，我便懵懵懂懂地跑到两人中间，企图阻止局势的恶化。后来她与父亲协议离婚，法院的人来到我们的平房小院里分割财产。我一屁股坐在她买的录像机上，蹬着小腿，哭着喊："这是妈妈买的，不能拿走!"

那天大概是我最后一次见到父亲。此后的三十几年里，这个人再没出现过。每当我把身世分享给别人时，总有热心人忍不住反复和我确认："完全没有联系吗？"我只能无奈地摊手。小学时在家里翻老照片，看到过被母亲剪得只剩一半的合照。很多年后母亲聊起我大姨离婚的经历时，她昂首挺胸，骄傲地讲述着是自己如何挥着扫把，从屋里打到院门口，把我那前姨夫撵走的事迹。我突然也对自己的命运有了些猜测：或许我是被父亲抛弃和遗忘了，也或许是母亲替我决定了这一世的人生剧本。而我这只命运的提线木偶，自然只负责演好自己的戏份。

我很小就开始做家务。九岁回山东老家时，擀皮的速度就顶得上四个成年人同时包饺子。拎着水桶去胡同深处打水、洗菜、切菜，这些都做完了再写作业，是我小学时候的日常。母亲下班回来，只需要开火、下油、翻炒，就可以开饭了。她累的时候，我们用黄色的搪瓷碗泡上几包康师傅鸡汁口味的方便面，也是一餐。

母亲算是巧手，不但会打毛衣、帽子，我上中学时穿的很多衣服裤子，都是她在缝纫机上踩出来的。红底小碎花的人造棉裤，我不知道有多少条。后来要升初一，她不知道从哪里起了念头，觉得自制的衣服不再合适了，便带着我去班尼路买牛仔裤。我的感觉有点儿像吃了苹果的夏娃：忽地发现自己似乎一直衣不蔽体，有些害臊了起来。也终于读懂了很多邻居姨婆、同学妈妈们，那些年投过来的关切眼神。

但姨婆们最爱说的话题，倒不是我的穿衣打扮。她们紧紧拉住我的手，摩挲着我的脸颊，语重心长、一字一顿地说："你妈妈一个人带你，特别不容易，你知道吗？你可一定得懂事、听话，才对得起她，知道吗？"所以幼年时期的我大概算得上是"别人家的孩子"——听话、懂事、成绩好。除了胖和体育差之外，没有让母亲费心的事。我从来不觉得是自己品行好的缘故，总觉得姨婆们的功劳似乎更大些。毕竟在我尚且单纯年幼的世界里，她们没给我留别的路走。

我少数不知天高地厚的时刻，是初中时听说有寒暑假去国外的游学团，回家便嘟着嘴跟母亲说想去。彼时的两三万块几乎是北京郊区一套房子的价格了，但是母亲似乎没太犹豫，很快就点头认下。等我欢天喜地地游学回来，把拍的上百张照片冲洗出来给她看，她一把把相册扔出去老远，吼着："那么多钱给你，拍出来这都是些什么破玩意儿！"我到今天也不知道，到底是风景拍多了，还是人物拍得难看，惹她那样生气。但是我大概知道了任性的代价。

十八岁的时候出门读书，侥幸拿了奖学金，不用再让母亲有负担，也开始享受起自己有钱自己花的快乐和恣意。毕业之后租住在狭小的公寓里投简历等消息，母亲打电话来说："要不还是回家来吧。"感受到家庭温暖的我，快速打包了家当，临行前用攒下的钱买了足金的镯子，送给母亲。

这次回家之后的十余年，是我和母亲交流中伴着摩擦的第二个阶段：说直白点儿就是控制与反控制的阶段。其实想想并不难懂，一个刚开始出社会满脑子幻想可以掌握自己人生的年轻都市女郎，和一个刚刚退休早已被社会毒打了几十年的母亲，她们放在一起，谁会更有话事权呢？

母亲大概是在潜意识里捍卫着她的主权：要求我把全部工资上交，统一由她管理；当我有朋友来借宿时，厉声把小姑娘骂到哭着离开；对我的每个朋友评头论足一番，对我和谁做朋友、和谁不该做朋友总是及时地给出一番没有丝毫逻辑只满含直觉和感性的判定。而已经尝到自由甜头的我亦不会轻易屈服：坚持财务自主的原则，既不上交也不用她的钱，自己管好自己；坚持交友自主和恋爱自主的原则，想和谁交往就和谁交往，不管她说什么；有时对彼此不满意，便各自摔门进房间，冷战上几天。

有一天，我们去宜家买餐桌。母亲选中的款式不算复杂，折叠之后大概一米出头的样子。排队等到出租车，她便招呼我赶紧把折叠之后的桌子放进车的后排座位。我俩一边塞，司机一边拒绝："这个不行，我拉不了桌子，我这不是货车。"母亲把桌子硬塞下之后，蜷着腿坐在后排，用尖锐的高音和司机嘶吼："凭什么不拉？我就要走！我打投诉电话说你拒载！"

司机大哥把火熄了，拉起手刹，任凭母亲怎么吼叫都不再动弹。我独自下了车，车外下起雨，天有点儿阴。我站在三环路边上对着一辆又一辆出租车招手，等待有人解救我们母女俩走出困局。十来分钟之后，有好心的司机停下，我们把桌子从第一辆车搬到第二辆车上去，然后回家。

有一次带她去南方玩，在西湖泛舟。一个浪头吹过，小船有些许摇晃，丝毫没影响船上其余客人嬉笑着拍照。母亲却立刻急了，顿时大声地斥责摇船的小师傅不会干、没经验、瞎骗人，嘶吼着要漂在湖中心的小船立刻停靠岸边让她下船。小师傅解释着小船和大船的码头不一样，又好声安慰她很快就到了。她尖叫的声音只大不小，我只好央求师傅在违规的码头破例停靠（全然不顾这样做的危险），连滚带爬地扶着母亲上岸。

这样的事情多了，我开始能渐渐理解母亲的心境：这个她曾努力控制的世界，越来越不听话了。她像一只无助的鹿，站在历史的森林里，瞪着大眼看着似曾相识又全然不同的游戏规则，风吹草动都会引起她的惊慌失措。她害怕被欺负，于是跳得高、跑得快、嘶吼得大声。可她越是跳得高、跑得快、嘶吼得大声，别人便越知道她是只鹿。

于是我慢慢自觉自愿地放弃了与她争夺控制权。在最近的三四年，母女关系成功过渡到了相敬如宾且大致宾主尽欢的阶段。

我基本上接纳了她小鹿般的情绪，也摸索出我们彼此自在的空间。有时我从房间里出来倒杯水，她见着我，惊呼一句"哎呀妈呀，吓死我了"，我只觉得好笑。大概在她潜意识里，我是不该出现在家里的人。我便尽可能地多在外工作、会友，周末在可以晒太阳的咖啡厅一坐一个下午，日子也十分快活。

碰了几鼻子的灰之后，我也不再过分努力去做"带母亲融入我的圈子"的尝试。旅行让她劳顿又心慌，我索性把家里的家具和装修陆续翻新一遍，让她踏实地在家静休。

母亲不再过问我的生活。我换工作一年，母亲甚至不知晓。在需要我帮忙网上缴费、淘宝下单的时候，她会拿着手机戴着老花眼镜来敲我的房门。大部分时间，我们更像合住的室友，有着安静而礼貌的边界。

我有时候甚至觉得，如果母亲生在我这个时代，她大概不会选择做一个母亲。她可以追逐她当海军的梦想，穿着她心爱的海魂衫，戴着小白帽，在甲板上看无尽的大海，像飞鸟一样翱翔；又或者可以一早离家，跟着一位老裁缝学几年手艺，然后凭她的认真努力考上设计学院，成为一个有牌面儿的服装设计师。她既不用走进一个勉强的婚姻，也不用出于养老的顾虑生下一个孩子，她可以做一个自立自足的新时代女性。那该多好啊。

所以我写不出那种"如果有来世，我还要做你的女儿"的话。因为我希望如果真有来生，她不必再做一个母亲，只要做她自己就好。

Chapter 3 / 第三章

吉光片羽

20. 写给秋天的情书

一入了秋，不但北京立刻变成北平，"社畜"们也纷纷变成了老舍、郁达夫。21 世纪以来，当代文学如果还有高光时刻，大概总是每年 10 月末 11 月初的这十余天。

这话自然透了几分酸腐和刻薄，毕竟我本性如此。但实则也是心悦的：如果不是感恩于这自然的馈赠，都市打工人们怕是难有机会驻足停留，镜片后的眼睛终于能够从短视频、短文字中抽离，转而使用手机的拍照功能，在"咔嚓"的模拟快门声中留下一些数字世界之外的记忆了。

我生在秋天，总对她有着无限的爱恋。

我爱秋天，因为她的温暖。夏末的燥气总是要等到一丝秋风方可散去。人的心沉下来，身上的汗渍少了些，赶路的步子慢了些。爱美的女子们亦可以收起遮阳伞，大方地和天空对视。孩子们的短裤，中年人的夹克，老者的棉衣，在初秋的街头汇入一流，是再时髦的杂志编辑也排不出的混搭秀场。

寒意带来的色调本应是凄冷的、凛冽的，但秋不是，她明快而热烈。她是红色的、黄色的，是暖色的。我偷着揣测造物主的心思：假若银杏不是金黄的而是深紫的，假若枫叶不是砖红的而是藏蓝的，我们还会对秋天抱有这般热情和期待吗？或许不会。

秋天的暖，像是挡在北风和暴雪前的光晕，罩着天穹下的每个人。她透着一丝微微的笑意，没有春天那么活泼，没有夏天那么张扬，但她温吞的笑意，最是迷人。

我爱秋天，因为她的短暂。贪念那些留不住的人和物，怕是人类改不掉的老毛病。我对秋天的感情也大抵如此。知道她会来，但不知道她何时才来，亦不知道她停留几天。于是每年都想着，盼着，念着。每一场秋雨都是她来临的序章，滴滴答答地拨弄我心底的弦。

待到她来了，初始的几天，我在试探着：是你吗？是秋天了吗？心早已经雀跃了。待到她坐定了，叶子黄了、红了，天高了、蓝了，心便彻底狂喜开来。恨不得每时每刻和她私会缠绵，流连于她的美丽和温情。即使最冷傲高洁的人，都是秋天的登徒子。

然后，恰在我要放下"扑通扑通"跳动的心脏，恰在我要醉心于她的温柔乡，恰在我刚要熟悉金黄灿烂、碧空蓝天的日子时，北风来了。一夜间，带走了颜色，带走了秋。北方漫长的冬天里，再无暖调，唯有白皑皑。

我爱秋天，因为她的忠诚。春天像幼时的玩伴，她播撒下爱的种子，然后悄然离去。她有时躲躲藏藏，有时忽隐忽现，看不见踪影。春天是懵懂的初恋，是青涩而捉摸不定的爱。夏天是热烈的、奔放的爱人，她光芒万丈，燃烧着自己和周遭的所有。她蚀着我的心和肺，咬着我每一寸肌理。我爱她，怕她，躲不开她，甩不掉她。夏天是骄阳下的热恋，没有她的人落寞，拥抱她的人窒息。

只有秋天，是最忠诚、稳定、可靠的伴侣。从立秋时节起，必然要吹响秋风的号角，任凭夏天怎的泼皮耍赖，都要让位于秋的到来。白露至，鸿雁来，玄鸟归，年复一年。再到霜降前后，西山层峦披挂上红衣，钓鱼台的大道、国子监的胡同全罩起金灿灿的礼帽。

秋天从不让步，从不缺席，总是如约而至。秋，她不因人喜，不因人悲。我怀揣着期待见她时，她不会显出格外的热烈；我兀自忙碌慢待了她时，她也不会生出怨恨早早离去。

只待时机到了：地安门大街必然飘起秋栗的香，潭柘寺、五塔寺、大觉寺的银杏皆要染黄，所有在京城脚下卖咖啡的店员也都要捧出一杯季节限定的肉桂拿铁。而无论我是怎样的：或欣喜，或彷徨，或斗志高昂，或心灰意懒，只消抿一口绵密的咖啡，抬头看，总是红墙灰砖，落叶飞黄。

我爱秋天，她是我永远可以信赖的依恋。她教我真诚、隽永，她让我忽视短期的怅惘。她沉着地、全力地，交付着温暖和光芒。我爱秋天，因她给了我勇气和力量，去爱生命里的每一天。

21. 购物的快乐

今年"双 11",我的购物额为零。若不是经朋友圈提醒,大概只以为是个稀松平常的周四。若要说我是厌恶购物,根本不喜欢买东西来辩解的话,扣的帽子实在有些大,任我这样大的脑袋也撑不起这论调。

休谟说:"人类所有值得被称颂的品德,必须符合两者之一的条件,要么是对自己或社会有用,要么是给自己或社会带来愉悦。"这虽然是用来研究人类道德的哲学,但我窃以为放在购物上亦十分合适。

我最早有可支配的零花钱大概是高中那几年。每周五十元的"巨款",除去隔三岔五和小姐妹们一起去麦当劳吃薯条、做作业,周末去青年宫看电影,过得精打细算些,月末还可以有结余。而从我的学校骑车十五分钟即可到著名的动物园服装批发市场。说是"市场",其实"街道"更为恰当:自展览馆路口起,西直门外大街路南、建筑大学以北、天文馆以东的一方区域,大大小小的建筑群都是做服装批发生意的。蓝色的手推车,黑色的塑胶袋负责填满这里的颜色。

有朋友神神秘秘地告诉我去逛"动批"的诀窍：穿休闲装，戴棒球帽，拎几个编织袋，看中了尖儿货，不做声张，用余光飞速地上下打量，继而做盘算状沉思，最后压着声音问老板："拿货，多少钱？"我当然是演不了这戏码，总是在功课不多的日子，跑去看下午场的盛况。

做批发生意的店家们起得早，真正拿货的老板们集中在上午场，等到我们这些毛孩子放学的下午三四点钟，批发市场的店家们已经预备收摊儿。那些已经出了大货的店家，懒洋洋地窝在铺子里，有一言没一语地和邻居聊着闲话，根本不屑做我们这些一两件的生意。而精力旺盛的另一派，则支一个展架在门口，半边身子倚着架子，手里拎着一件小衫或者裙子，扯着嗓子向走过路过的行人招呼着："五块，十块啊！裙子五块，上衣十块啊！"

我买过一条五块钱的牛仔裙，线边多得剪不过来，百褶处凸显着肥硕的臀腿，所以几乎没怎么穿过。但是拿它做的文章，吹的牛皮却不少，毕竟我是"在'动批'只花五块钱就买条裙子的人"。那是五块钱买来的快乐。

虽然去了纸醉金迷的香港读大学，但我胡同串子贪便宜的小性儿还是丢不下。每个月三千港币的奖学金，早餐是百佳惠康的切片面包，中午和晚上是学校食堂十九元一份的两菜盒饭。除去缴电费、买书和偶尔去九龙城吃泰国菜、喝糖水，月底还有千把块结余。

我的几个香港本地的室友都是爱美又精明的姑娘,于是我跟着她们,钻进旺角油麻地老街里面的二手店淘宝。和如今盛行的Vintage古着店不同,油尖旺街边的二手店几乎没有招牌,没有大门,四敞大开地和街边的排档融为一体,靠近门口的货架一圈又一圈,大部分挂着T恤、衬衫这样众人皆宜的货品,往里走,墙上偶尔钉着些灰蒙蒙的皮夹克,也寻得到俏丽色彩的雪纺连衣裙。

我们彼时最爱的行程,是跑去小巷二楼的沙爹王,吃一碗标价十九港币的白咖喱猪排饭,然后揉着滚圆的肚皮,在楼下几间昏暗的二手店里闲逛消食。我有一件价值十块港币的上衣,是棉质加雪纺的拼接款。领口印的是香芋色的棉料,不扎脖子。袖口和身上是白底飘藕荷色的雪纺花纹,这件小衫伴我走过了几个潮湿闷热的港岛夏天。那是用十块钱买来的快乐。

工作的这十几年,买衫的预算宽裕了,但是快乐少了。"双11""双12""618"逐渐成了大型的有关数学计算的行为艺术。我某个姐妹三年前在"双11"买的二十几条裙子,至今还没来得及穿上一轮。

我上个月和S小姐去逛安定门一家老牌外贸店,看店的都是老北京的大哥大姐,没有一句嗲嗲诺诺的"欢迎光临",只会突然出现在我身旁,好像在胡同口打招呼似的问一句:"今儿想看什么啊?"然后把原本叠得整整齐齐的羊毛衫翻腾个底朝天,拎出一件抖给我看:"这个好看!这个奥莱卖两千六!"

　　我谢过大姐，去试穿加绒的牛仔裤。细腻的绒边触着被冻得泛凉的大腿肉，套上裤管，提起，系扣。双腿被温润地裹起，镜中的腰身和腿型都利落极了。我径直去找正在看靴子的 S 小姐，咬牙切齿地对她说："就这条裤子，买它！买它！"那是网上购物给不了的快乐。

　　我有时矫情地把网购来的衣服拿去找裁缝修改，看大姐一尺一寸地量着，小心地别针，然后我俩一起望着镜子，扯着袖长和肩宽细细地找着最合适的比例。有时挑西服的布料，一捆又一捆的布料，摩挲来去，捏一捏，揉一揉：有的细软，有的笔挺，有的垂坠。指尖的触感，让人贪念。裁缝姐姐会一边掐起多余的料子，一边跟我闲扯：上一次给男顾客别针别到内裤上尴尬极了，某国大使穿的都是她做的裙子，客人高低肩要怎样裁剪才看不出来。

　　我看到已经做好的别的客人的连衣裙，红色方格毛呢料，好生羡慕，大姐宠溺地哄我："我再找到这样的料子，就给你做，好不好？"那是计算机算法给不了的快乐。

　　在这个不用付尾款的 11 月 11 号，我离购物或许远了一点儿，但是快乐一直在我身边。

22. 五楼的理发厅

我家住在北二环护城河边的老式小区，红砖和高塔楼混合。院中没有什么绿植花园，倒是有个二层小楼，一半是围棋俱乐部，一半是 Joyside 乐队前鼓手范老板的影视后期工作室。

老小区谈不上什么服务，物业机构基本由戴着红袖箍的大爷大妈们组成。这两件进门查得紧，我时不时戴着口罩、帽子，捂得严实如狗熊状，会被门口一边唠嗑一边执勤的大妈喊住："唉，闺女，你哪个楼的？"

得了在寸土寸金的京城有地方住的便宜，自是不好再为此卖乖的，所以每年赶上几次停电停水，也就憋着不声不响走下十几楼罢了。但我有次这样闷着下楼，却遇到了惊喜。老楼的楼道里，多是堆放着杂物，比如装修的废料和落满灰的自行车。我机械地挪步，不时踩到从袋子里溢出来的泥沙，伸出手拨开面前的废木条。这闯关的路程进行到过半，在五楼的楼梯拐角，我定住了。

那是一个理发厅。是的，一个楼梯拐角处的理发厅。方圆不足三平米的一个长方形里，左边的墙上钉了两层置物板，上面整齐地放着瓶瓶罐罐。有一个可以旋转的椅子，砖红的皮面有些许裂纹，被端端正正地放在中间，正对着窗户。窗户所在的这面墙上也有一个两层的架子，零散地放着绿植。右手边通向住户的走廊门背后，是一个半身镜。

我为什么会第一时间知道这些家什是被放在理发厅里的呢？因为我们这带的河边一向有民间理发的传统。北二环段的护城河在东头稍向北拧，转向亮马区域。地上，机场高速入城的尽头在这个位置盘进二环。于是水面之上、桥面之下的地方，一直是街坊四邻的民间游乐场。

除了极寒的三四个月，河边各片的平地上，总是能一撮一撮地聚上百十来人打麻将。人数众多又长年累月，自然是有生意的。据我妈说，我们这一边的麻将摊儿主要有三股势力，分别是：物业小刘、辫子大姐和瘸腿儿。他们每人每天一早九十点便会骑着三轮车，驮着十张小方桌和马扎到达各自的势力范围摆摊儿。顾客们按人头收费，不管您是手气不好，打了一圈就走，还是从早坐到太阳落山，只要走时桌上留下两元钱即可。

聚着的老头儿、老太、大娘、小叔们，有的喜看，有的爱玩，四人的牌桌边，总是免不了再围上三两个人；再加上遛弯儿的、遛狗的、遛孩子的流动人口不时停下看看热闹，常常是乌泱泱一片人。

人多了，自然就有了衍生产业，河边理发就这样应运而生。

据说辫子大姐以前是有些理发手艺在身的，看摊儿之余，推几个头，每人只收五元，童叟无欺，算是她的副业。后来似是有了竞争者。尤其到了盛夏，我时常在河边各个桥洞下看到那些个围着白布"低头认错"的脑袋，和不管有没有大辫子，都握着一把剃头推子"刺啦刺啦"削发的匠人。

有一年，我妈说，河边有个打牌的大爷突发心脏病过去了。

我问："是输了很多吗?"

我妈说："听说赢了一把大的，激动得。"

这一把"大的"有多少钱呢? 不过是一百几十块。我想：若大爷真拿到了这票大的，也怕是买不了几斤排骨；倒是五块钱一次的剃头，还可以再剃几年。

这京城中的人，虽然不时地进高楼，宴宾客，入云霄，但大部分人到了时节，还是会回到某个河边桥下，赤着臂膀、皱着眉头，争夺个碎银几两，然后或欣然或愤愤，继续柴米油盐、炉边灶前。

未来这一年，喜也好，悲也好，我都希望五楼的理发厅生意兴隆，人丁兴旺。

23. 百香果味的舒芙蕾

上周日我和憨崽吃午饭，一顿火锅下来，肚皮浑圆，满街找清静的地方喝咖啡消食。

三里屯机电院里的餐厅们，如韭菜般每年革新。巴掌大的新晋网红咖啡厅里坐满了轻易不走的文艺青年，法国人的甜品店里则少了些拍照的人。我老弟的餐吧厨师还没上班，遂和弟媳打个招呼，摘下口罩吓唬小侄子，然后大步走进本尼迪克餐厅。

迎宾热切地喊我们扫码，再唤我们上二楼。沙发靠着暖气，是抢手位，赶紧占下。翻菜单，胃里的馋虫立刻不同意只喝咖啡的计划，怎的也要吃个舒芙蕾。不用五分钟，我的海盐拿铁和憨崽的桂花拿铁已经端上。

抿一口咖啡，憨崽说："我和相亲大哥拜拜了。"

"哦。"

"我有天晚上发现他发朋友圈，但是不给我回微信。"

"嗯。"

"我就给他发消息说：'人与人之间还是要有基本的尊重的。

就这样吧。拜拜。'然后他回'OK'。"

"嗯。"我温吞着地喝了口咖啡,点头。

最近几年开始喜欢海盐拿铁、海盐焦糖这种搭配。大概单纯的味道总是会乏味,而甜咸一联手,像气球绑了石头,又能上天又能入地,像极了满身是泥还要扑腾的中年人。

憨崽之所谓憨崽,是因为她在男女关系中纯属于"傻白甜"。一边心心念念要结婚生子,一边用"我升职了我就去相亲""我换新工作之后就去相亲""明年我就去相亲"这番话复制粘贴给我很多年。去年年底经她同事介绍,总算是和一个比她年长十余岁的大哥相亲。

我正高兴她的万里长征开始走起来了,她倒觉得革命马上就要胜利。有事没事她就给大哥发消息,汇报工作,分享生活,到周末反复询问吃饭的安排。

憨崽有次出差回京,到站时快要深夜。同行的恰有介绍人,于是保媒拉纤者自告奋勇给相亲大哥打电话喊他来接站。憨崽推托说:"他在北京也没有车,不要给他添麻烦了。我自己打车就行的。"媒婆哥拍了一张二十八寸行李箱的照片发给相亲大哥,然后跟憨崽说:"你一个人拎这么大行李箱多辛苦!让他来帮你呀!"

两人出站,在人来人往的大厅等了一阵儿。相亲大哥发来消息:"我到了,在××路边。"憨崽拉着箱子要走,被媒婆拦住。一把夺过手机,拨通:"你丫接过站吗?有在路边接站的吗?人家拿着大箱子还要一路穿过广场去找你啊？赶紧过来！"

此般事情，在憨崽的转述中时常发生。我是戒了给别人指点感情之事的毛病，所以常常是咬碎了牙齿咽下去，不做妄评。奶泡中的海盐颗粒在嘴里化开，我清了清嗓，说："别想得这么复杂。"

我见过太多理智的、善良的、美好的女孩子们，在感情中积极地争取，妥帖地安排，悉心地照顾，懂事地原谅，拿捏感情和处理工作几乎一样秉持着对自己严格要求的精神，万事尽到每一分努力，穷尽每一种可能，生怕错失爱情的机会全是因为自己做得不够好。我也是在很多年之后才明白，那些"收到无回复"本身就是回复了。只是当时的我还不懂，或者，还不想懂。直白地拒绝是不容易的，尤其在另一方也并没有直接提问的情境下。因此我现在很喜欢直进式的情愫表达，倒不是这样虚荣心更容易得到满足，而是因为这也给了我直接说"不了，但是谢谢你"的权利。毕竟成年男女对那些"早安""晚安""在吗"背后的没话找话都嗅得出来是什么味道。

可惜，大部分人不会这样。他们不想跟你说"不"，又或者是不愿发生这样尴尬而残酷的正面冲突。于是只能假装接不到你的电话，经常不回微信，然后照旧工作，照旧开会，照旧发朋友圈。他是不够尊重你吗？可能不是。他恰恰是不知道怎么去尊重你，就用更能被理解的方式对你说出他们拒绝的心意。

我把这番思考讲给憨崽。她若有所思地点头。

恰就在这会儿，蓬松如棉花糖般的舒芙蕾驾到。小勺子挖下去，像是踩了雪。放入口中，一下化开。我正在琢磨这百香果舒芙蕾的百香果去了哪里，勺子一探到底，就裹缠着果酱上来了。

我咂摸着酸涩的籽，想：这是多有意思的一件事呢？它闻着像是百香果，尝着像是百香果，名字写着百香果，但是你不把这舒芙蕾挖到底，好像还真就不相信它是百香果味似的。

24. 安福路的夏夜

上周日和朱老师约了看晚场电影，开场前先准备在影院附近的一家茶餐厅填饱肚子。进门坐下，听此起彼伏的粤语家常，恍惚以为整个北京的香港人和广东人都聚集在此。

我翻着菜单，寻着我俩可吃的素菜，上菜小哥伸手要将一碗牛杂奉上。正给我点着菜的经理一把拦住他："错了，这桌不吃荤的。"我禁不住抬头看他，心里满是赞赏。

盐酥豆腐、荷塘小炒、南瓜芋头，三个小菜不消十分钟上齐。我和朱老师一边扒饭一边话密如针尖般八卦。利索地吃完，我起身买单。朱老师盯着人家现熬的马蹄水，假装天真地问："那是什么呀？我想喝那个！"上菜小哥立马倒上两满杯："给你们尝尝。"

我怕是血管里都流着竹蔗马蹄水，自然搭不了朱老师这场戏，也不敢看那小哥，只能心虚地低头，问："送我们呀？""送！"经理摆摆手。

像是骗了糖吃的五岁女孩儿，我俩美滋滋地喝完马蹄水，穿衣去看电影了。"吃好啦？下次再来呀！"经理过来收拾。我本来已经差半步就要走出店门，忽地顽皮起来，回过头，盯着问他："那我下次来，你送我什么呀？"经理被我看得不好意思起来，别过头，说："唔，红豆沙好不好？"

"好！"

2015 年的时候，《纽约时报》刊载了心理学家 Arthur Aron 和团队编撰的《让人迅速爱上对方的三十六道题》。那些题目自然是蕴含着心理学家们处心积虑的设计：让人要么交出老底，要么演技塌方。但我印象最深的倒不是题，而是最后的要求：双方互相凝视四分钟。

这要求纵使放在社交距离极近的地方，也搞不好会勾出点儿名堂，君不见胖妮和谢耳朵对视之后，双方都一眼深情。在我们这儿，别说对视四分钟，四十秒已经要犯起"尴尬症"，推说不玩儿了。好像你不经意间看到对方双眼，就要被勾去了魂魄似的。所以你看大家在街上，在地铁里，在办公室里，在餐厅、咖啡厅，甚至在家里，大半时间都是全力在玩眼神躲避战。看别人，是不自在的事情；被别人看，也是不自在的事情；发现自己被别人看，更不得了，下一秒就是："你瞅啥？""瞅你咋的！"

可是我偏喜欢看人。在家里看家人，出门看外人，尤其喜欢看服务行业的小姑娘、小伙子。别的客人在咖啡厅，低着头盯着手机电脑忙着大事，小伙子送上咖啡时，多数人不作声响，少数人头也不抬地吐出两个谢字。我呢，特别热衷于迎着姑娘小伙儿的视线，堆着笑眯眯眼地说上一句："谢谢你呀。"然后常常收获惊慌失措的："哦哦，不、不客气的。"看他们像受惊的小鹿一样蹦跳着走开，我总在想：是不是太少人，抬头看他们一眼？

　　夏天在上海出差，留得一个悠闲的晚上，约了Jackie吃饭。在我经手的给西部乡村女孩子们捐资的企业家中，Jackie是我最喜欢的一个。她掌管的企业每年捐资助学几十万，但她自己总是穿着最普通的T恤、球鞋，和每个人讲话时都凑近向着对方，真切地看着对方的双眼，不大不小声地说话，做完事就笑着摇头说："It's nothing."

　　我们在安福路的一家意大利餐厅见面。怕她太忙，我早到了须臾。结果还没进门，已经收到微信：在二楼。拐上木制的楼梯，紧凑的餐桌间坐满了金发碧眼的客人们。Jackie坐在一个小方桌边，把靠沙发的位子留出来给我，自己戴着老花眼镜看菜单。

　　我笑她老了，她也笑自己。然后依着我，点了几个素菜。我是矫情，Jackie是自己管着百十家店所以讲究。在餐厅最高峰的时段，我们居然厚着脸皮前后唤来服务员小姑娘几次，依次取来碗碟、餐具、额外的公用餐具，加上上菜和添水，来了十余次。小姑娘略有些疲态，始终挂着一副表情，垂着头来，垂着头去，动作麻利娴熟，让人挑不出毛病。

　　Jackie则很妙：每次服务的小姑娘过来不过三五秒钟，Jackie次次都要停下谈话，转脸，仰头，望向她，在姑娘那几乎麻木到有些冷漠的眼神中，送上一个热切的憨笑和一句蹩脚的"谢谢"。

中国人定是要管这场景叫"热脸贴冷屁股"，况且是发生在大老板和服务生之间，难免有些不可思议了。有人说这是讲礼貌，我窃以为不是。礼貌这玩意儿奇妙得很，于有些人是尊重的桥梁，于有些人是傲慢的工具。

我有幸认识的几个大人物，恰巧都是这样的人。依我看，他们不是过分地讲礼貌，他们是常怀悲悯地看众生；他们不是没有架子，他们是索性不看那通天登顶的架子，一心在地上走路。所以即使小姑娘整个晚上都从不曾回应 Jackie 的目光和感谢，Jackie 也没有一次放弃。而我就这样坐在她对面，看她眼里溢出的温暖，融在闷热的沪上夏夜。

好了，我要去喝我的红豆沙了。

25. 生命的容器

最近学的一门课颇有趣，名为"创意及创新（Creativity and Innovation）"。这学科有个积极的假设，即创新是"可被教的""可学的""可练习而精进的"。有这样一个假设打底，我这种指望"巧手偶得"而常常不得的人，自然是雀跃的。

然而某日讨论到同学各自的创意习惯，一位同学说："到底，我们不过是容器（vessels），神的意念经我们流淌至世间罢了。"

我近日总是想起他这话，若我们真的不过是形状各异的器皿，除去生命又各自盛些什么。

周日去天津茱莉亚学院，出高铁站向着海湾走上几百米，便是米色四合一的学院楼。中庭一贯至顶，半侧斜面的窗户切割出块状的剪影，木地板衔接得极好，任数百人交错行走，也听不到咯吱作响。我和同行的大师打趣：处处都是老钱风的味道。

刚途经冷清的街道，再见音乐厅的熙攘，颇有几分惊喜。我和大师寻位坐下，不一会儿便暗了灯。音乐会的前半场，有几位老资历的首席（亦是学院的老师）助阵，后半场则全是在校的学生们了。我是识不得五线谱的乐痴，但也喜欢坐在音乐厅里发呆。好像头脑和心绪都忘了平日的规矩和边界，可以懒洋洋、松垮垮、慢悠悠地走出躯壳，任它去哪里。

乐团演出也是一幅极好的画。灵动的、跳跃的、起伏的，被音符推着，被指挥引着，时而孤军奋战，时而千军万马。小提琴首席像打头阵的冲锋兵。她瘦而修长，鹅蛋脸，黑框眼镜，细软的长发没有束起，而是自然地垂下，这成了她最好的伴奏。她低头频频地拉琴，脑袋向着指挥一顿一顿，发梢也随着她轻盈地跳起；她展开背，缓缓地拉动琴弦，长发也跟着流动向一边。

演出结束时，有人捧着一大把粉红色的花上台，指挥老师指指自己，摇摇头，摆摆手，又指下首席，献花的人心领神会地点头。乐团立在观众们的掌声中许久，放下乐器都像是换了个人。首席也从刚刚全然忘我的泡泡中破壳而出，变回腼腆笑着收花的小女孩儿。

昨晚又去了使馆的街头艺术展，难得见严肃正式的里墙外墙都披上了色彩激烈的涂鸦。草坪上摆起了街头小吃，热狗汉堡、煎饼烤串，配上啤酒，好不自在。夜幕渐渐落下时，又有乐队演唱，我们一小群人举着各自的吃喝，闭着眼出神，恣意晃着头。

我早年是极其不懂艺术的，现在也是。不过十几年前无知得更厉害些。记得有个搞装置艺术的老师在 798 办展，我们一众同事前去捧场。我拉着狐朋狗友大步流星走过大厅，然后突兀兀傻乎乎地问："展呢？"旁人向上指了指："装置在大厅顶上呢，你们走过了。"

又过些年到如今，艺术品味不增，脸皮着实厚了不少。于是也更无畏做艺术的傻子。恰逢上述所说的装置艺术老师又办展，特意约了她在展厅开放的时间相聚。听她一寸一寸地介绍每张纸的来历，于是一切纸屑都变得可爱起来。后来去喝茶，我和她讲我的笑话。她大咧咧地笑，郑重地说："看不懂不是你的问题，是艺术家的问题。"

我小时候是看不得所有抽象艺术的，但凡说不清到底是个山还是个人的艺术，管你是绘画、雕塑、装置还是音乐，我都觉得不清不楚、莫名其妙。如今全然相反，我越发看不得所有具体的、摊开的，把一切说明白的艺术。大概是规矩看了太多，只想留白。

我虽然不懂艺术，却喜欢艺术家们远过于商人们。大概在我心里，若我们都是容器，艺术家们盛的可以是水、是沙，甚至是泥土、空气，捉摸不定，光怪陆离，但总是满的。而盛钱币的容器，任你怎么填，也都是空隙。

26. 人与城

我不算是常常奔波在路上的人。一年中尽数算起来，亦不过出行七八十天。较有些一跑即是两个月，一年至少跑两次的同僚来说，算是幸运。

昨夜惊醒在酒店，想不起来梦了些什么，可能真是要取一组纸笔放在床头才能对抗岁月对大脑的蚕食了吧。似乎是噩梦，脑中隐约闪现着一张不甚友好的脸，缩着下巴对我笑。于是我赶紧翻身弓起背，摸索着开了灯，松松枕头，又昏昏入寐。

常常奔波的人，大约会是某个酒店集团的贵宾客人。贪念金卡、铂金卡的免费酒水点心只占一半缘由，另一半是集团标准化带来的异乡的熟悉感。如我这般，夜半醒来，虽不知身在何处，好歹可见熟悉的装潢和格局，床头的灯键也寻得顺手些。

坐在出租车上，看海边城市袅袅的雾气，笼住了全部建筑，似是遮了面纱的女子，不得见真实的容颜。我这样匆匆而过的外乡人，是没有资格掀开这面纱的，她的颦笑皆是供自己人观看，吾等痴人，差旅软件上那一年几万的航程，不过是机场、酒店、火车站之间的距离。在我看来，非要住得久了，熟悉几个当地人了，城的模样才或许有机会慢慢显现出来。

就像我年轻时去上海，怎么也不喜欢。庞然大物般的建筑是挡人、吃人的，看着只觉得凶神恶煞。后来认识了 H 小姐，开始觉得杨浦区亲切可人。再后来驻沪的朋友多了，也就开始爱上丁香花园的下午茶和安福路的夏夜。从国金中心到大学路，都有几个可以掏心窝子说话的人，城市也变得温暖起来。

大师办公室楼下有家淡雅的素食馆子，放着六七张桌子，做些荞麦凉面、梅干菜饼这样平平无奇的斋饭。虽朴素，却让我常常想不起大学路上一家布尔乔亚的西餐厅，每每抵沪都来这里。

又比如北京近年新开了无数高档餐厅，但我常去的仍是数年不变的那一家。红墙白窗，落叶金黄。比利时光头老板的女儿眼见着已经出落成大姑娘，迎宾的大哥也从方脸小伙儿变成了大叔。但每次进门，和熟悉的店员扯上几句闲话，在桌前坐下，用温热的毛巾擦下手心手背，便有几分回家了的舒适感。

我想我们恋一座城，大半是因为那城中的人，也有时是因为城中的自己。就像我是一个胡同串子，所以我听不得旁人讲北京的不好。

有次圆桌餐，坐了十余个均不熟悉的人凑饭吃。一个眼镜后生边嚼着黄瓜，边愤愤地说："最不喜欢的就是北京！那空气简直太差了！这种城市怎么住人啊！"我身旁也是几个来自北京的前辈，所以料想自己多说几句不至于被骂，便笑笑地答："是吧。

住久了也就惯了。"

记得二十几年前，那沙尘暴像果珍一样，是橙红色的。我总记得学校广播里一遍又一遍地说着："沙尘天气，请同学们不要去操场活动。"那时还没有什么私家车，大家最高级的座驾是捷安特和美利达。校服之外裹上妈妈的纱巾，围起口鼻，三两个人结着伴儿，蹬着自行车回家。除了课间操的苦役，似是再没有别的烦恼。

于是这两年又刮沙尘之时，朋友圈自然分成两派："天哪！这是人类可以居住的吗！"之末世论调；和"哇！这不是二十年前的小时候！"之青春回忆派。

因为没有鸡崽的胃口，所以任谁都不喜欢吃土。但这尘土对有些人来说则是连接了回忆的机关，牵引出当年结伴而行的人和追不得的岁月，自然也就多些滋味和意义；而对于初见这阵仗的人，当然是"要命的"，是"活不下去了"。

想想也不奇怪。毕竟偌大一个城市的肌理，住上几十年也未必能数得清。草木或许无情，但是当年一起拔根儿的人，却总是有意。于是，城市的画像就在一个个脸庞中散开了。

差旅和猎奇可能到底还是年轻人的玩意儿，中年人总有点儿恋旧。打卡网红地，拍上几张游客照，不如在熟悉的饭店吃上几个常点的小菜，和几个不讲话也不尴尬的朋友一起虚度几寸光阴来得安逸。

27. 人与食

上周出差，遂有感而发写"人和城"。写来写去，到底是暴露了吃货的本性，总是绕到"吃"的话题上去。于是，索性接着写"吃"。我算不上老饕，茹素之后，更是和大半山珍海味绝缘，但吃的喜悦常常充盈着我，令我心生欢喜。

让我总是念着的最好吃的一餐饭是约莫十年前，我刚辞了职，约了彼时的小闺密去丽江旅行。回昆明的途中在玉溪停留了大半天，去探望我俩的旧同事 Zoe。

Zoe 有着一张白皙的脸，瘦而长，个子不算高。她英文讲得极其漂亮，中文却常常分不清前后鼻音，以至于我每次听她讲"蓝蓝的天坛"都要在内心笑昏几次。她的老家在玉溪一个小巷子的尽头，爸妈经营着一家有十余个房间的小旅店。我们到时，Zoe 正在帮忙看店。见我俩到了，她熟练地从柜台里拿出钥匙，招呼我们先开间房休息下。

小旅店一共六层，每层楼梯转角处是两个房间。我俩在一楼的房间放下行李，躺在床上迷糊着睡午觉。未能见到周公，先被馋虫叫醒。Zoe 喊我们上楼吃饭。水泥砌的楼梯算不上宽敞，台阶还颇高，我这般体力不佳者到了四楼已经喘起粗气。Zoe 倒是极其顺溜地两步并作一步，一溜烟工夫已经登到顶楼。等我呼哧着到了，Zoe 的家人已经在向阳的大屋里坐齐。我和小闺密被让着，依次在沙发上坐下。

一张不大的方桌上，挤满大大小小的碟子，里面盛着红红绿绿的菜。辣椒炒的牛肝菌，一口咬下，油滋在嘴巴里爆开，榛蘑特有的逼人的厚重香味从舌根处伴着咀嚼晕开来；圆滚的扁豆被切成段，伴着不知是酸菜还是咸菜炒，清脆又清香；还有小炒的春笋，水灵的青菜，像是从熙熙攘攘的菜市里直接端上了桌，带着烟火气息；白饭焖在一口极大的铝锅里，一打开盖子，甜糯的米香和热气一起窜出来。我接过冒尖儿的一大碗饭，完全顾不得终身减肥的使命，夹着满桌辣的、咸的、脆的、油汪汪的、爽口的菜，就着饭大口大口地送进嘴巴里。

直吃到后背微微发汗时，我才舍得停下来。中午的阳光打上我的侧脸，整个人热乎乎的。一家人这样热热闹闹吃一餐稀松平常的午饭，对我而言，是自小难得的经历。所以时至今日，我也说不出，究竟是那天的哪道菜勾了我的魂魄，让我心心念念这些年；又或者，我念的本也不是饭菜。

有一年和墨总去青城山玩，车开到山脚下的县城时我已经肚瘪口干，想着这样上山怕是要下不来了，于是停下车寻吃食。有景区的县城，多半沿路都是做游客生意的，卖烟酒、做快餐。顾不上挑选许久，我俩找了个看着和气的老板娘的店铺坐下。

成都对胃口皮实的人而言是美地，对我这样食不得辣又食不得肉的人而言，真是处处犯难。我俩在一众菜品中，最终选了萝卜猪蹄、本地豆花和一碗卤味。

白萝卜炖得软烂，也没潜入厚重的肉腥。卤味里有些百叶、筋肉，但也垫着几片笋子。于是我把能吃的素菜一一拣出来吃。豆花是我的独享，老板娘勺子一挥，舀出几块白嫩的豆腐块，堆在瓷碗里，配的咸辣蘸料是本地人的口味，我就着刚刚的清汤萝卜、辣味卤笋，已然觉得是世间美味。

这几年常去成都，春熙路附近的咖啡厅有好看的小姐姐，有烤杏仁拿铁和拿捏着我命门的海盐芝士蛋糕；叶婆婆的钵钵鸡能嚼出芝麻的味道；盛夏时节路边的串串店，热腾的锅子配一碗冰粉。可是怎么吃，也抵不上当年青城山脚下的那碗豆花香。

还有一年，和梅芬在兰州赶路，上午在城里办了事，下午要赶火车去乡下。彼时梅芬还没有出嫁，住在兰州西站边上的青灰色砖楼里，她家楼下的安师傅牛肉面是出租车大哥们的食堂，也是我的最爱。

一碗素凉面，厚厚的浇头淋上去像小山一样：芹菜、胡萝卜、木耳，一勺辣子盖上蒜汁和麻酱。这还不够，店里巴掌大的小菜一碟只要两元，我贪嘴要了足足四碟。豆腐丝、泡菜、脆萝卜和腌豇豆，各个滋味不同。这样一顿饱餐，却只要十五元。囫囵吃掉，再去赶路，心灵和肚皮都充满了慰藉。

如今墨总常驻西南，梅芬已嫁作人妻搬了家，而当年一起同游丽江的闺密则多年没有联系了。

　　中国人吃饭似是有个"锅气"的讲究，就如同凡是过节，总要讲究个"团圆"。几双筷子，不分彼此地夹来拣去桌上的菜品，这论起来是不甚卫生的传统，但吃下去的却有几分食物以外的情谊。我算不上老饕，但若是真吞下几分人心，亦能如此念着，倒也是件美事。

28. 医院半日

工作日的上午，做点儿杂事，不算太忙，亦算不上悠闲。电话打进来，下意识不假思索地接听："喂，您好？"

电话另一边有环境的嘈杂声，但半晌没有人讲话。我把手机从耳边放下来，凝神看着号码。哎？这不是母亲的旧号码？怎么没存呢？又过了三五秒，话筒另一端终于出声："喂……我在××医院急诊这儿……大夫说可能是脑梗……你过来吧……"

"哦。××医院急诊，是吧？我这就去。"大部分人可能会突然心一沉、脑子乱、胸前骤紧，我似乎都没有。关电脑、穿外套、托着长音和同事讲道："Gloria，我妈来电话说去了急诊，我去看看哦，有事给我打电话。"说完便离开了办公室。

东二环的交通，早已恢复了往日的模样，任哪个时段都走走停停。我平静地开着车，等红灯的间隙给老板发了消息告假。快到医院的环路出口，一辆白色的特斯拉撅着高傲的屁股顶在我前面，我有点儿自嘲地想："该堵的路永远在堵，没人在乎你家有没有人脑梗。"

我家附近的这座医院是母亲常年开药检查的地方，远不及协和、同仁这些医院名气大，但好在常去的诊室都算熟悉。穿过门诊的走廊，病人三三两两地坐在诊室门前。急诊楼是新建的，有着和门诊楼略不同的墙面颜色——鹅黄般的暖调，新得很。分诊台坐着人高马大身穿碧绿色工作服的大夫。

我报了母亲的名字，又探头看几个诊室半开的门。大夫一边让我打电话，　边翻着登记的单子。电话接通时，母亲的声音同时从电话和走廊左边传来，我谢过大夫，几步走过去。母亲在诊室的床边靠着，手里举着脑部 CT 的片子。四肢活动都还自如，讲话也连贯，只是露出委委屈屈的孩子模样。我接过她手里的 CT 片，没说什么。

急诊的大夫看起来年纪不大，她一边处理上一个患者、一边跟我讲："已经请了神经内科的大夫来会诊。等一下，一会儿就到。"她话没说完一会儿，一位头发花白的男大夫走了进来，名牌上写着"神经内科：端木 × ×"。我想："这么像仙侠小说里的名字呢。"然后拿起母亲随身带着的书包，往门口站了几步，让出些空间。

端木大夫拿着 CT 片看了看，又转而询问母亲的发病迹象、时间。他语气很温和，有时重复着母亲的后半句话，继而再发出指令："哦，昨天晚上就开始了哦。好，用手指指自己的鼻尖，再指指我的手，对，好，闭眼继续……"

母亲的手机忽然响起，我瞥一眼是未存的号码，想着肯定是快递电话。她盯了一会儿屏幕，扒拉一下，警觉地接起来：
"喂？你是谁啊？噢噢噢！您是刚才门诊的常大夫啊！我来急诊
这边了，对对，CT都拍完了，神经内科来大夫了，对对……"

端木大夫向母亲示意，然后接过电话："哎，常姐，对，看
过了，没什么大问题。面部神经炎。对对，急诊这边开输液的
药，回去你那儿开 × × 药吧？急诊这里没有 × × 药。哎，好
的。好。"

大夫宽慰了焦虑的母亲几句，开了当日的处方。我去缴费，
穿过长长的走廊取药，再折返回输液室。正是吃饭的时间，护士
长举着两人的盒饭和酸奶问输液室的小护士吃饭了没。小护士
答："我十一点就吃过了，谢谢护士长。"然后把药收到一个一个
小篮子里，给一屋子的老人们一一扎上点滴。

我问了时间，便走到院外的菜市场买了粥、豆浆、包子和煎
饼。豆浆温度刚好，我拧开盖子喂了母亲，她一股脑儿喝下。其
他一袋子食物她都摇头表示不想吃，我便又退回走廊坐下，自己
啃完一个煎饼。急诊的走廊，有种错乱的矛盾感：极力粉饰温暖
感觉的蛋壳儿色墙面和冷调的顶灯；干净又明亮的地板和被踩到
字都有些发灰的"高危产妇绿色通道""急诊病人绿色通道"的
箭头贴纸；稀松平常如自己家踱步的医护人员和在"快去缴费窗
口，别排队，说你们是急诊抢救！"的声音中快步跑过的病人家
属；有被粉色的棉被从头裹到脚，只露了半张脸，被一家人拥着
推着送出来的奶奶；也有半截身子撑起在移动床上，儿子推床、

儿媳妇跟在后面拿着鞋子、书包、尿壶和衣服，自己嘟囔着"我这都不自由了"的老爷子；有不知怎的闪了腰，弓着背在轮椅上问"这轮椅有没有刹车啊？"的女子；也有打着电话大声问"欸，我问你，××街上的寿衣店你是不是认识啊？"的大爷。

母亲输完液，我们又去了一开始收治她的门诊常大夫那里。常大夫原本下午是不开门诊的，但诊室门口依旧排了几个人。我俩等了一小会儿，前面的美女出来后，母亲便进去了。我守在门口不远处，竖着耳朵听。大夫问上午的药是否都领了，在哪里缴的费。我一个箭步跨进门，抢答道"机器上缴的费"。

常大夫又开了几种急诊没有的药，处方印出来刚要和母亲交代，想想又不妥，直接把我叫到近前说："怕你妈妈记不住，直接跟你说啊。这个药每天早上吃一次，每次四片。这个药，每天早晚各服用一次，每次一片。都在饭后吃。记得吗？"她边说边在处方上一一写下。我点头，接过单子。

又去缴费、领药。有张单子被缴费那里的姑娘说不对，于是安顿了母亲在一楼等，我又上了二楼找常大夫。终于办公室只剩她一人，问清楚了单子的事，谢过，转身要走。她殷殷地嘱托："这几天让你妈妈不要洗热水澡，没事用手搓搓脸，记得每天检测血压，有问题就随时来医院哦。"

收拾好药和人，开车驶离医院。我忍不住想起前天看的剧里，由宋佳饰演的刑警曾说过的一句内心独白："人生多少大事，就发生在几秒钟之间。"难怪我觉得：医院半日，好似人间半年。

29. 春节回忆

今年除夕，我非但没有熬夜守岁，反倒是晚上九点左右就睡下了。其客观原因大概是经过年底一番断舍离之后，客厅的家具只留了供母亲躺倒的小床和我健身的自行车，所以春晚的前二十分钟，我是蹬着车看的，不可谓不努力了。而主观原因大抵是讲催生和创业的小品看得我全身的细胞都突然有了赴死的勇气，心里又丧气地知道不管熬到几点，也不会有"白云"和"黑土"的出现。遂终于对这算是保留下来的最后一项传统举了白旗，转头去给周公拜年了。包饺子、看春晚、放鞭炮、逛庙会，大概是我自小对春节的记忆和坚守。如今盘算起来，似是已尽数失敬。

包饺子

饺子是北方儿女的钟爱，以至于几乎每个节日，我们都要东拉西扯地把节日和饺子连在一起，擀皮儿、包馅儿，为煮上一锅饺子找到各种各样的借口。我总打趣初来北方的南方朋友："除了清明，别的节日、节气吃饺子都没错。"

　　所以，娃娃们还没有案桌高就要开始学习包饺子这一技能也就成了常事。照母亲的转述，我是五岁会包饺子，七岁能擀皮儿（对我而言，"包"是比"擀"更容易的事）。这大概是不会出错的，因我九岁随母亲回蓬莱老家时，已经达到撑得起一人擀皮儿四人包的娴熟程度了。

　　这样的手艺当然也要"传帮带"。于是如今我们同学聚会包饺子时，永远有一盘"新手饺"。这当然有些三五岁的孩子们在父母帮忙下捏成的肉圆子，也不乏几个从不下手的成年人一时兴起的"艺术品"。长辈偶尔探头来："这一盘能行吗？是不是一下锅就破了？"我总是笑着安慰："没事，包着包着就会了。"树熊则帮我搭腔："没事儿！谁包的谁吃！片儿汤加肉丸子一样可以进嘴。"

　　过年的那顿饺子还会伴着更特别的仪式：在众多冒着热腾腾水汽的、推搡着挤在盘子里、挺着肚皮招摇的白墩墩中，藏匿了一个裹着钱币的"天选之饺"（我后来知道类似的习俗法国也有，只不过饺子换成了国王饼，硬币换成了小瓷人）。据说谁吃到这个饺子，谁开年就会财源广进，兴旺发达。不知这是不是长辈们诱骗孩子把饺子吃光的把戏，但是玩起来总是乐此不疲。

看春晚

　　央视春晚诞生于 1983 年，算是我的同龄人。所以大概也和我一般，经历了旺盛的青春，正在和不惑的中年较劲。小时候的春晚，是人们一年一度的期待。赵丽蓉、黄宏、赵本山、宋丹丹这些名字只管等着看第几个出现，以至于有一段时间，我对零点报时的记忆就是本山大叔——等到他上台，就要跨年了。

看老视频，又想起20世纪90年代初红极一时的《洛桑学艺》，那个穿着藏族服装的圆脸小伙子是我记忆里的"B-box OG"。斯人二十七岁就因车祸离世，而我大概是从那时起才知道死亡并不是老了以后才会发生的事，能活到老才死可说是幸事。

彼时的春晚，甚至说中央电视台所有的栏目，都像极了传播学早期的子弹论。我们对它毫无抵抗之力，几乎是全盘接受。若今天有人在街上唱一句"宫廷玉液酒"，我心里肯定要跟一句"一百八一杯"，可见其力量之强之久远。

其实较真儿起来，经典节目也未必都经得起推敲。只不过在那个彩色电视机里面的人能出声就足够吸睛的年代，我们不必做出思考者的深沉模样，只管傻笑。

如今技术进步、信息通达，观众的地位也似是够到了顶。从"只看没得评论"，到"看了再评论"，一路进化到"边看边评论"。其结果像极了为每条朋友圈构思文案的我：不写吧，怕是要没了存在感；写了吧，怕不知哪一个语法、介词、标点要被诟病，只能夹着尾巴蹑手蹑脚起来。也就难怪春晚会沦为"健身餐里的水煮鸡胸"：不吃好像少了点儿什么，真吃又难以下咽。毕竟咸了淡了都讨骂。

放鞭炮

我自小家里没有男丁，我和母亲又都胆小如鼠，故放鞭炮这样吉庆而恐怖的活动我是不参加的。但是每逢过年，应一把景而听听爆竹响声也并不曾拒绝，当然点鞭炮这样危险系数高的事情通常是假他人之手。记得早年有人送我两支二踢脚，我放在车里不足半日已经吓得魂不守舍，唯恐它们在车里随时爆炸，于是赶紧喊人帮我大白天点掉作罢。

既是不点，我对鞭炮的感情便留在看、听和闻上。一捆有着几百上千支小鞭炮的挂鞭是给人带来听觉体验的翘楚：一小段"嘶嘶"声之后随即而来的是紧密的鼓点般的"噼啪噼啪"，像是伴随着火星微微跳跃的红蛇，活得短暂而绚丽。视觉体验最佳的当然是礼炮和礼花。除夕夜的马路上常常见不到几辆车，于是可以整箱整盒地摆在马路中间。看一束弱光腾起升空，等个半晌，然后在黑幕前"轰"一声爆发、散开，有些花透着勇武的劲头，有些则温暖旖旎，盈盈地织着彩色的夜空。后来烟花做得高级起来，"轰"一声已经不够，常常有三段式、四段式，一花未完一花又起，惹得点花的小童们总要眼巴巴地守在路边："还有吗？还有吗？"

我记得特别清楚的，还有每年正月头几天走在街上，那几乎随处可闻的硫磺味。常有顽皮的男孩儿在红色炮衣的碎屑里找寻漏网之鱼，补几声声响，吓路人惊慌。我虽然亦觉得满地的红碎打扫起来实在是为难环卫工人们，但又忍不住把微微刺鼻的味道吸上几口，好像才算过年没了遗憾。

如今北京已经禁放烟花爆竹，偶尔可在电视里享受最佳角度拍摄而成的庆典烟花，但那味道大概是再也闻不到了。

逛庙会

人是有奇怪属性的生物。譬如我平时是最不喜凑热闹的，若是约人时不巧赶上了什么圣诞、新年、情人节，我大半要改期再见。可逛庙会一直是我最喜欢的过年元素。

我在南方读书时，逛过一两次过年的花市，也觉得捧着几枝粉嘟嘟的鲜花迎新春很是文雅清净。但到底是被北方水土养大的，我从骨子里总觉得庙会的熙攘、吵闹才是最大的乐趣。

母亲属猴，最喜欢的是白云观庙会。因观内有三只石猴，据说把三只猴都摸到的人可保来年平安，诸事顺遂。山门右侧墙上的石猴最显眼，进观之人不分老少都排着队伸手，摸得猴子油光锃亮，像是被盘了百年；院中影壁的石猴也有多人见过，被摸到发黑的一角和别处大为不同；至于里院的那一只，十余年前，我似是还和母亲摸到过，后观内修葺，便寻不到了。

白云观举办庙会期间除了摸石猴这一活动，逢初一、十五还有道长写福字，更少不了进门处打铜钱的仪式。偌大的铜钱中间悬一个铃铛，若有人打中铃铛，发出一声"叮"的脆响，引得周围一片艳羡和叫好。

我则对庙会没什么挑剔。厂甸庙会、地坛庙会、龙潭湖庙会，凡人多热闹都喜欢。家门口的地坛庙会去得最多，因为步行可达，少了停车的烦恼。庙会的地坛和史铁生笔下的不是一个模样：成千上万的人推搡着涌进旧时皇族祭祀之地，各路的摊位沿着方泽坛四周的甬道整齐地排列成口字形。

卖小玩意儿的摊位不知是不是从义乌提货，每年总能露出几分新意。有年盛行偌大的假花，转年鲤鱼旗又开始走俏。虽然都是淘宝可买到的东西还翻了几倍的价钱，但在灰黑色羽绒服的人流中举着几个当年的流行单品，总是满足人们凑热闹的心情。

当然最令万众期待的总是美食街，所以在我为数不多的印象中，庙会总是小半卖用的（或无用的），大半卖吃的。地坛庙会因八天可接待百万人，也就成了小吃摊主们的必争之地。连续几年，黄金的标王摊位都被八字胡的"烤串大王"谷胜立拍了去。最后一年，竟是到了三十万的天价，以至于我去小吃街竟然有了猎奇和打卡的心态，倒要看看三十万的铺子口味有何不同。

那动辄半臂长的肉串我似乎不曾吃过，不过也记得那壮观的景象：几个草原模样的小伙子站在椅子上，从弥散着烟火气和孜然味道的摊位里探出半截身子，伸长着胳膊，晃动着手中的烤串向下方的人群喝道："谁的五串羊肉串？谁的五串羊肉串？"底下的"饿狼"中，总有一个或几个，猴急地跳脚："我的！我的!"而更多的人层层不绝地涌向前排,高举着人民币:"我要五串!""我要十串!"大抵人的兽性未泯,不然怎么抢来的东西总觉得格外香。

包饺子、看春晚、放鞭炮、逛庙会,这些我自小对春节的记忆和坚守,如今已或主动或被动地尽数失散。旧日传统被时代的车轮碾了去,新的传统又还未来临。我们这代人的彷徨大概如此。

居家几日,母亲用钢丝球刷锅的声音在不停地划拉着我脑壳,但我仍坚持婉拒和推迟了几个相约的邀请,守在家里看书写文。大概无论传统失散了多少,我心里总觉得:家是引力也是归宿,到站了可以停,靠近了要磕碰,然后在一片叮叮哐哐中,渡过岁月的河。

30. 粉红色的讣告

十几年前在我上的一门新闻写作课上，一个胖乎乎、圆脸庞、金头发、眉目慈祥的英国老教授叫我们每人写一篇自己的讣告。

我们一群二十岁左右的人连人生的门路都还没有摸到，却被要求想象自己的死期和遗言，自然是被吓到了。何况死这件事在中国文化里讳莫如深，连旁边楼里有人去世房价都要下跌，遑论谈及自己的大限。但是牛犊的好处是不怕事。短暂错愕之后，我们竟欣欣然地纷纷写起来。写毕，老教授把每人给自己的讣告都当堂念了出来。

一位同学写的我至今难忘。她开篇即简单直入："Jessica 是一个喜欢粉色的人。所以，所有来参加她葬礼的人必须穿粉红色衣服。"这同学恰是我的好友，所以我知道她所言不假。她小小的个子，淑女模样，说话声音哑哑的，又柔柔缓缓的。老师诵读她讣告的时候，我们都扭过头看着她，然后大家一起忍不住地笑。那一刻我发觉，谈论死亡可以是一件没那么可怕的事。

我身旁最早过世的亲人是我的大姨。母亲家里三兄妹：大姨、舅舅和母亲。据母亲讲，大姨自小就是社交达人，开朗又大胆。大姨不过十五六岁时就举着中国地图跳上火车，发誓要把毛泽东思想传到西藏高原。

后来大串连结束回京，大姨是积极分子。毛主席在天安门接见红卫兵那天，我母亲一进胡同就被邻居大妈们拦下："你大姐上电视了！喊着'我们想见毛主席'那个，肯定是你姐！"大姨后来在工厂党支部、团支部工作，再后来进了党校工作，有单人的挑高办公室和分配的住房，因为离我的中学很近，所以我在很长一段时间里借住在大姨家里。

我高考之前，大姨查出宫颈癌晚期。我那时懵懂得很，只顾自己学习，并不承想这病的威力。后来我高考成绩尚可，似是成了鼓励她的强心剂，她的病情一度缓解，精神不错，可以如常地和我讲话，也吃得下东西了。又一年我去了香港读书，大姨病情恶化，终离世。母亲打来电话，我匆匆定下二十四小时往返的机票，回京参加告别式。

大姨未婚，没有子女。我和母亲成了告别式的主理人。殡仪馆的人问着要不要在大姨的脸庞两侧放花，衬着圆满。可我心里只在想：我那个身材圆润、大眼睛的大姨去哪儿了？这个躺在盒子里干瘪的小老太太是谁？

母亲只顾得哭。见到大姨生前的好友们，母亲几乎号啕着喊："我找遍了所有的通讯录都找不到你的电话啊！"我用了全部的力气才搀住她，让她不至于跟跄着倒地。而眨着泪眼的姨婆们抚着母亲，说："我们的电话，都在她心里呀。"

告别式结束的傍晚，我又登机回港，去赶第二天的早课。坐在飞机上靠窗的位置，看着北京离我而去，越来越远，我终于松下绷着的神经，泪水不受控制地流。空姐走过来，不发一言地递给我一块毛巾。毛巾的温热，我至今记得。

我在港读书的儿年，家里变故颇多。几乎每年要回京参加一场告别式，八宝山竟成了我返乡时最常驻足的地方之一。本就单薄的家谱，后来除我之外只剩下孤零零的母亲，我也终于不忍在外独自逍遥，早早毕业回家。但和死亡的交集，是我们躲不掉的命运。后来终有一次送走的不再是长辈，而是同龄之人。

算起来，陆兄的年纪比我还小一个月。不过按我俩的习惯，是我唤他兄，他唤我姐，算是半个玩笑，带着几分尊重。陆兄和我勉强可算是紫旗子的校友，不过我是进了二道门没几天就转学了的逃兵，而他是正儿八经读了四年法律系本科的状元郎。他毕业后在外文的通讯社工作，会讲三国语言，是彼时的网络大V。卷头发，四方脸，眉目有神，书生气里夹一点儿诙谐，是大家又敬又爱的对象。

后来他查出胃癌，切了胃，化疗了一整年。那时去医院看他，人很虚弱，但意识清醒，拉着我的手，吐气如丝地说："谢谢你来啊。"再后来，又复发，被医生预测了最后期限。他告诉我这个消息的那天，我们在京城彼时最高档的商场里吃小笼包，青绿色的玻璃透出斑驳的光，他翻出手机里一张神采奕奕的照片给我看，笑着说："我想，到时候就用这一张。"而我假装听不到自己心脏裂开的声音，点头应他："好，这张好看，就用这一张。"

尽管有诸多朋友的帮忙，最后的个把月时间里，陆兄已无固定的医院收留，只能在短租的住所、酒店和临时有床位的医院间奔波辗转。夏天开车载他时，他尚且可以自己行动，只是癌细胞已扩散到背，故而上下车有些僵硬不便。待到冬天，已经要由他父亲推着轮椅了。最后一次见神智尚在的陆兄，是送他和他父亲去协和东院输血。我被告知这是没有法子的法子，只为了缓解些痛苦。

三人的病房，他被安置在最外侧的床上，洗了不知多少次的蓝白色病号服挂在他单薄的身子上。他的父亲和姑姑在两侧，不安地忙前忙后。我转天去看他，他向我的方向伸出手来，那时我才知道，他已经看不清了。第二天他打来电话，孩子般央求着："想你啊，能不能来看看我。"我心里酸，知道他已不再记事。

几天后再去医院见他，便是最后一次了。那时他已看不到、听不见、说不出完整的话，只剩"咿呀唔噜"的声音一节一节地从身体里吐出来。他的手不知是有意还是无意地按着病床升降的按钮，枯槁的身子随着床的起伏前后晃着。他的脑袋挣扎着摆动，双眼似是看着什么，又似是看不到，原本盖在身上的被单被他这样折腾一番落到膝盖处，我方看到裹在他下半身的尿不湿和不断蹬踹着的树枝一样的双腿。我把被单往他身上盖了盖，和他父亲说了几句安慰的话，便匆匆走了。心里揣的绝望突然满溢，压得我没有了定力再多待一秒。

后来便是3月30日，我接到陆兄父亲的电话。告别式那天一早，我和几个开车的朋友一起，护送着陆兄的灵车走最后一程，往城北的灵堂。早高峰的北京，不断地有着急上班、上学的人们插进我们的车队里，我和自己，也和陆兄开着玩笑："你看，死人的路也有人来抢。"

再后来几年，我去了陆兄的家乡为他扫墓。台风刚过的夏日，偌大的墓园里，他选好的照片贴在黑色的墓碑上。我拧开一瓶梅子酒洒了，又放了一盒寿司在他面前。想着我俩在好运街的日式酒馆里互诉衷肠的那些年。

五六年前，一位知我茹素的长辈送我一本《西藏生死书》。我放在书架上，很久未看。我内心的拒绝如今想起来是出于恐惧：不敢去直视、去审度、去细细地想，于是自以为都懂、都明白，不看也罢了。

陆兄临终的那些片段，我不忍想，更不忍写。藤县空难之后第二天，我把书架上的那本《西藏生死书》郑重地擦去灰，捧着读了一周。终于可以定下心，写下这篇有关死亡的小文，算是对自己有了一份交代。

人做的大部分恶，都源自恐惧。怕得不到，怕失去，怕人有而我无。我天真地想：如果我们没那么怕了，是不是可以平静、安定地面对这件必将发生在每个人身上的事呢？

　　如果有机会在梦里见到大姨，我肯定要告诉她："我很想你，谢谢你照顾我那么多年。"如果可以回到陆兄临终的床边，我要拉着他干枯的手，静静地坐上一天，跟他讲："你说吧，你说的话，我都能听得见。"

　　有次春游，和同车的两个小姐妹聊天逗趣，我问她们："如果可以，你们要怎样设计自己的葬礼？"她俩在高速公路上叽叽喳喳地闹我，抱怨道："我们连婚礼都没有想好！你怎么叫我们想葬礼！"我们后来当然是顺应民意地大谈了一番草坪上的婚礼、合身的白裙子和演奏的音乐。可我总是忍不住在想：

　　亲爱的，不是每个人都会结婚，但我们每个人都会死啊。

Chapter 4 / 第四章

那些我知道或不知道姓名的人

31. 公交车上的老人

我因为前些日子爬山摔到了尾椎，开车、坐车都不便，于是在近一个月成了公交和地铁的常客。

无论何时的地铁，多数乘客总是行色匆匆的年轻人。身穿黑色套头衫的小伙子、米色羊毛大衣的白领、高领毛衣配西装外套的商务精英，都沿着人流规律地移动，黑漆漆的脑袋一水儿地埋在手中的屏幕里。铁皮车厢稳定地前进，熟手大可以不用攀附任何支撑，只靠双腿站桩。除了偶尔有人接起电话，说上一两句工作，大部分时间，车厢里只有"列车即将到站，前方是××站"的广播声。所以我有时候恍惚着记不得到站，也恍惚着分不清今天和昨天。好像我只是个铁皮车里的机器人，被命运传送到当日的终点。

但公交车的景象则大不同。我家附近的几辆车，上下班的时段并不拥挤。高峰时刻在白天，老人们错峰出行的时候。北京的惠民政策有一条是年满六十岁的老年人可免费乘坐公交车，于是在老旧小区之间穿梭的公交车，常常上车的十人里只有一两个我这样扫码付费的年轻人，其余十之八九都是："嘀！敬老卡！"

这类线路上司机的职责和驾驶技巧都与其他线路略有不同。到站了，车门打开，遇着面露犹豫神色的老爷子，司机会大喊几声："这是130路！130路！不要坐错车！"遇上路上穿梭的行人和急刹的前车，司机要狠稳兼并地点刹车，让车里的老小不至于重心不稳而摔倒。还没到站，有奶奶起身，拉着买菜车往车门走。司机从后视镜里看见了，即刻厉声道："停稳了再起来！停稳了再起来！没到站呢！"奶奶像被老师管教的小学生，眯着眼露出难为情的笑。

大部分只有前后门的公交车已经没有售票员的身影，取而代之的是戴着红色袖箍、身穿藏蓝色制服的乘务管理员。我起初总觉得这些管理员们十分华而不实，其中一半已经花白了头发，余下稍年轻的也是一副弱不禁风的样子，实在无法想象要是现实中出现电视剧里从危险分子手里抢爆炸物的情景，眼前的人员能起到几分管理作用。最近车坐得多了些，也看得明白些。比如买菜的奶奶们，人手拖着一辆购物车。去程还好，返程时装得满满当当沉甸甸，自己是搬不上公交车的。这种时刻，司机喊着："先找地儿坐啊！找地儿坐！"管理员师傅已经把购物车搬上来，拉到后门对面的空处，用绑轮椅的带子固定起来。奶奶下车时，招招手，师傅便又去把购物车解绑，搬到公交车下。有时遇到坐轮椅的乘客，司机早早就指挥管理员师傅去后面接站。先把老人扶上车，坐好，再把轮椅搬上车绑好，丝毫不耽误其他乘客和后方进站的车辆，几下就麻利地安置妥当了。

公交车上的老人们，各有各的故事。任凭司机大吼几声"这是 130 路"，还是坐错了车的老爷子，在众人的搀扶下坐定，没一会儿便慌慌张张地嘟囔："这不是 123 路啊，这不是我要坐的车啊……我看着来过两辆 130 了，下一辆肯定是 123 了，怎么这一辆还是 130 啊！我糊涂了啊……"司机问他要去哪里，一连问了几次他也不言语，身边的大哥帮着回应："老爷子年纪大了，耳朵不好使！"我在他身旁低头看，果然一边的耳朵上挂着肉色的助听器，不算显眼。

大爷对面的姨婆们都是六十出头的年纪，穿着花花绿绿的棉服，七嘴八舌地帮他指路："您下一站下车，走到对面去。先坐两站 × 路公交车到 × × 站，就有您要坐的车了！"姨婆们这麻雀般的叽叽喳喳老爷子肯定是没有听进去的，但是坐在反向行驶的车上也只会让他离家越来越远。于是下一站到站，乘务管理员扶着他下了车，老爷子独自一人站在路边，像是迷路的小孩儿，无助地小声问："这是哪儿啊？我该去哪儿啊？"管理员嘱咐着："去对面！对面坐车！"

然后车门关上，车辆启动，老爷子的身影逐渐从车窗里看不见了。车上的姨婆念叨着："这得有八十多岁了吧？这么大年纪，还糊涂了，就不要出门了嘛……"

年纪大了就不要出门了吗？我暗自咂摸这话里的味道。

公交车上我见过最精致的一个爷爷：戴着一顶毛呢帽子，身穿西装式棉服配西裤，脚下是一双新百伦黑色运动鞋，衣服裤子都打理得没有一丝褶皱，平顺得几乎可以看出面料最细的纹理，鞋带系好固定在鞋子中部，是不管怎么走路都不会散开而被绊倒的系法，手里拿着一根枣红色木制拐杖，被岁月包了浆，说是古董也有人信。我最忘不掉的，是爷爷胸前挂了个透明的证件袋：一面是印着国徽的硬皮证件；背后，是一张白纸，密密麻麻地写满了黑色钢笔字。在车辆轻微的晃动中，我能看到那最末的两行字，分别是"儿子×××、女儿×××"。于是大概可以猜到，那前面的字该是家庭地址、老人的情况和家人的联系方式吧。

当然，爷爷们的故事大半靠猜，因为男人们沉默寡言的本性和越老越不爱聚众的脾气。奶奶们的就容易多了，一辆车里挨着坐的、对面坐的、斜对着坐的、间隔着坐的，只要有个由头都可以攀谈起来。

我有一次遇到一位满头银发的奶奶，穿着玫红色的外套，戴着薄片眼镜，小小的脸，年轻时候必定是一位美人儿。她旁边坐着一身灰色运动服、戴灰色棒球帽、麻花辫子粗又长的女儿。我只看女儿的背影，又盯着她亚麻色中的几缕金色头发琢磨是不是做了挑染。然后听隔壁的大妈问玫红色奶奶："这是你女儿啊？陪着你出门，真好啊。"然后女儿应着说："是啊，我退休了，所以可以陪我妈。"

我扶着惊掉的下巴，又继续听着。原来这是五十多岁的女儿，陪着八十多岁的母亲，一起去看一百岁的姥姥的行程。

按世卫组织公布的中国人均寿命，我也算是过完了前半辈子。越往后走，便是离"糊涂的赵老太婆"越近的日子。按这些年花在美容院上的钱来计算，我那拼着命不想服老、不想认输的劲头倒还算是强劲。

这些日子公交车坐多了，又觉得年老并不算可怕，看着老人们或独自、或结伴、或夫妻相随地出行，有时是为了跨过半个京城看另一头的家人朋友，有时是为了去远处的菜场买几棵新鲜水灵的大葱，有时是为了去北海公园赏秋看花。听大嗓门的司机一路喊着"站稳了啊"；见乘务管理员跑前跑后；看年轻人不需要提醒就给老人让出座位，"年轻的"老人又为更年长的老人起身；下车时脚下不稳的人总会被旁边人及时伸手牢牢地撑起。我们身边的温暖或许不算很多，但是有老人的公交车上总能看见。

想到这儿，也就觉得心里有几分畅快，老了一岁又如何？路漫漫，"赵老太婆"依旧可以从容前行。

32. 带刀的少年

云南菜我是十分喜欢的：焦香的菌菇，水灵的豆腐，各种不记得名字的小青菜。所以当齐老师神神秘秘地说要带我去一家胡同里的云南菜馆，我立刻雀跃起来。

穿过了承载着各种车辆和喇叭声的主干道，拐进狭窄的灰墙巷子。不显眼的红框玻璃门一推开，便是餐厅。进门的过道摆着四五张桌子，靠里的一桌坐着两个喝着酒、嚼着花生米的大爷。我和齐老师对视，飞速地交换了一个摇头的眼神，继而走进里厅。头顶上是玻璃天井，依稀透下些午后的懒阳，枣红漆的椅子，玻璃板压的方桌，靠墙的假窗台上随意摆着绿植，算是装饰。我拉了把椅子坐下，想着"要是有份酥红豆就完美了"。

有小伙子举着菜单过来：个子不高，愣头愣脑的，没什么表情，黑色褂子镶红色线边，标准的工服穿在身上，可职业型微笑做得还不算熨帖，大半还是个孩子。我心里这样想着。

齐老师"呼"地站起来，双手向服务员小伙子伸出去。她本就高挑，一起身，顿时像母狮猎鹿一样——气场骇人。我刚要看菜单的眼神和手都冻住了，不知这场面的走向。

"哎呀！你这个宝宝怎么长这么高了！哎呀，让我看看！"母狮发出宠溺又惊喜的叫声，修长的双手在男孩儿脸上揉捏起来。

我一个患着"分寸感敏感病"的人，不由得替男孩儿尴尬起来。男孩儿倒是一副"早习惯了"的态度，不惊不扰亦不做反抗地站着，呆愣愣地应着："嗯嗯。"

"职高上得怎么样？这是放假了？在你爸这里帮忙呢?"齐老师终于完成了脸部按摩，坐了下来。一双凤眼瞪得老大，水汪汪地等着答复。

"啊。""是。""嗯。"男孩儿总是话少。

我肚皮有些破局，忍不住看起菜单：小炒香豆腐，清炒四角豆，还有酥红豆是一定要点的！"亲爱的，那个凉拌薄荷叶今天有吗?"齐老师问。

"嗯，有。"男孩儿点头。

"齐老师，我们要不要点个土豆吃吃?"我看着油香透亮的菜单图，盘算着我和齐老师的胃容量。

"那个，不要点。不怎么……好吃。"男孩儿依旧垂着脸，没什么表情地说着。

我和齐老师笑。"好，那就听你的不点了，就这些。"男孩儿点头。

我忍不住问："你要不要写下来？我们点的菜都记住了吗?"

"我记得。"小脸上似是闪过一丝不服气，快快地走了。

我把菜单推去一旁，给我俩倒茶，问："以前的学生？这么亲的？"

"嗯。他爸爸是这餐厅的厨师，孩子跟着爸爸在北京打工。初中就近在我们学校读，算是借读，中考后去了职高。"齐老师接过茶。

"看你这么热情，人家孩子爱答不理的。"我咂摸着免费茶水，半揶揄她。

"哎哟，这态度就不错啦！初一的时候，人家带着刀子来上学哪！"

"啊？开刃的刀？带去学校干吗？"我顿时缩了下脊背。

"我问他带刀干吗，人家就说要削水果吃。我跟他说这样搞要伤到自己的，他就扭头说你别管！我跟他说要是不小心伤到别的同学可怎么办？人家梗着脖子说：'我给他偿命！'"齐老师学起男孩儿浑不吝的模样，梗着脖子瞥我。

"嚯！孩子这么厉害呢！"我从心底再次佩服每一根烧在义务教育阶段的蜡烛型人民教师。

"可不吗！"齐老师厉着嗓子说到一半，停了下来。

男孩儿端了凉菜过来，没头没脑地把菜放下。

齐老师又伸出魔爪捏着他胳膊，说："几年没见，长高啦！"

我赶紧打断她："让人家孩子工作去吧，别跟三姑六婆似的。"

菜陆续上齐。我嚼着清香的薄荷叶，抿一口酥香软糯的红豆，听齐老师讲少年的叛逆往事，讲这个厨师父亲的自顾不暇，讲她跑遍的每一间职校，讲无可奈何的户口和学籍。我想到终究有个事似乎还没说明白呢，赶紧问她："这带刀的男孩儿，你当年到底使了什么方法，让他收的心呀？"

"哪有什么方法呀！"齐老师摇摇头，像是对我说，又像是对自己说，"就是捂在心里，暖了三年。"我不知是被什么封了嘴，刹那间不知说什么好。

昔日的带刀少年拎了两瓶北冰洋，呆愣地放在我俩面前，依旧没什么表情地说："这个，给你们喝。"

开好的汽水瓶，插着粉色的吸管。我嘬了一大口喝下去，很凉，又很热。

33.《重启人生》观后感

上个周末看完日剧《重启人生》，刷剧时还算好，只是浅落了几次泪。日剧惯常的清淡风格像极初夏在露天的院子里喝一盏热茶：闭眼有草间的清香，身体有一股暖意。

《重启人生》的故事说起来不算新鲜，如其题目般，讲的是安藤樱扮演的女主在意外去世之后进入轮回，一遍又一遍重启自己的人生。当然编剧设计了很多巧思：譬如前世阴德不够于是下一世不能投胎做人，只能做远方大陆的食蚁兽这些尤其为我这种信佛之人偏爱的笑点；又或者是女主每次重启后在各行各业工作时都不忘了交代午饭时间都是如何安排这样琐碎又真实的细节。

但立意如果只是为了搞笑，又或者是历经九九八十一难终于修够了福报投胎做人，那就配不上《重启人生》的豆瓣高分了。女主历经艰辛轮回在人世里，为的是救两个她童年时期就很要好的朋友。而为了能在悲剧发生时具备足够的能力和社会地位，她甚至要从小学就开始走学霸的路线，用全部课余时间读书，而牺牲了和朋友成为朋友的童年时光。

　　我在一个不算太晚的夜里看完结局，然后在深思中入睡：我有哪些朋友，是我愿意无论重新来过几次，也要不惜一切代价去救的呢？第二天清晨醒来，我给他们一一发了微信。

　　最先想到的人，和电视剧的情节如出一辙，是我自小学时的玩伴齐齐。活了快四十年，拍的合照有成千上万张。上个星期和谁、在哪儿、照了几张照片未必记得，但是和齐齐有张三十多年前一起照的相片，我闭着眼都能勾勒出模样：那是我们小学二年级的春游，去的大概是圆明园公园。我穿着妈妈织的花毛衣，齐齐穿了藕荷色圆领的小衣服，两个圆滚滚的小脑袋靠在一起，在大太阳底下眯着眼合照。我们背后是白里发灰的古建遗址，两个粉嫩嫩的脸蛋透着汗气，像刚出笼的小包子一样。

　　我俩从小在一起长大。她家在学校出门左手边的胡同里，我家在学校出门右手边的胡同里。我不在自己家的时候，一准儿是在齐齐家。说是家，其实不过是五六平方米的一间小平房，搭在他叔叔家的院子里，只容得下一张桌子和一张床。我俩在她家进门就是床的小屋里，写作业，看漫画，把动画片里各种超能力变身的情节演个遍。

　　有一整个暑假，我和她一起在她家南苑的房子里消夏。如今想起来，我妈妈也是心大。在一个没有电话的年代里，就这样直接把我丢给人家几周时间。在那个暑假里，我们一起泡在露天的游泳池学憋气，在翡翠一样绿油油的池子里漂来漂去。在家里打小霸王红白机，齐齐的魂斗罗总是比我玩得好。齐齐妈下班给我俩带一个西瓜，我们一人一半捧着吃。

后来我们分别考了不同的中学，寒暑假依旧见面。再后来我为了就近，搬到了姨妈家住，然后惊人地发现我姨妈家和齐齐姥姥家在一个院子里。我俩在口字型红砖楼里惊喜相认、相拥的画面，仿佛像电影一样有慢动作并配合着宏大的管弦乐背景，好似已失散多年。

我读大学离了家，和发小们都断了联系，回京工作后又慢慢捡起。齐齐家搬离胡同，去到城南的小区。有一段时间，我们成了那种"逢年过节发短信，彼此生日问个好"的朋友。再后来，我误打误撞进了教育圈，恰好齐齐一直做老师，于是话题多起来，又拉回了几分交情。这些年，虽不是月月见面，但一年到头总要约上几次，而且每次都要聊上大半天才算尽兴。

第二个想到的人，是 L 小姐。L 小姐和我初高中做了六年同学，是我的资深闺密。当年我那句被写进歌词里的"人生苦短、不如性感"本是她闲谈中的金句。我和后来的姑娘们聊天谈起天然的美人，大概十次里十次要用她做例子。我和 L 小姐在很长的一段中学时光里不是前后桌就是同桌，换来换去总是伸手可及的位置。我俩会在秋天的路上骑着车压过银杏树叶子，恋恋地一听再听那清脆的咔嚓声。

我因为她的美貌，多年来对她又爱又恨。总每隔十年都有些莫名其妙的理由和她疏远、冷战上一阵子，又再次和好。她长得美，运气不算好，又极要强。放在韩剧里是"美强惨"的大女主设定，放在周而复始的生活里，是一地鸡毛的"L 黛玉"。

　　我第三个想到的人，是 R 总。R 总同样是我中学同学，大约是高中阶段开始混熟，彼此无话不说。大学的第一个学期，他雀跃地给我发消息说交到了女朋友。那时我还在用飞利浦的竖条手机，一个屏幕放不下几行字，我虽然记不清细节，但总记得他字里行间的喜悦要翻过几个密密麻麻的屏幕界面才能看完。

　　二十几岁的日子里，我们见证了彼此所有的生离死别。他和初恋女友吵架，摔了电脑在烧烤店喝酒的时候给我打电话；他在雨里捧着花等了四个小时，心灰意懒的时候也给我发了消息；他寻得美妻，在四合院里摆酒坐席的时候，是我和 L 小姐帮着组织来宾签到。我每一个前任都带给他见面，然后每次分手后的絮絮叨叨和自怨自艾都有 R 总陪着我消化。他父亲病重去世的夜里，我开车送他和他的后妈回家，灰蒙蒙的夜里，不用多说一句话。

　　我总能想起来，和他初恋女友吃饭的情景：那是个肤白貌美、胸大脾气暴的南方妹子，每餐都要吃海鲜。我们在北方人蹩脚制作的烤鱼店里，一条已经不知道死了多久的鱼平躺在铁盘上，肚皮被盖满了红红绿绿的辣椒碎，滋滋地冒着热气。两个彼时深爱的人互相夹着菜，南方妹子把一块鱼肉放在 R 总碗里，用嗔怪的语气说他在学校的琐事。如今二十年过去了，我甚至未必记得自己每个前任的名字，但是 R 总初恋女友的姓名里的三个字我从不曾忘记。

　　三十几岁的年纪，我们见得少了。他创业做了 R 总，我开始在教育和 NGO（非政府组织）的圈子里瞎混。逢年过节时张罗着同学们一起去看老师，一年一度地在一起包饺子、吃饺子。有次他和其他同学分析着为什么以前都不喜欢听相声、评书、京剧，近些年越发觉得有趣起来，R 总仰坐在沙发上，言之凿凿地说："咱们就是思维和鉴赏水平提高了嘛。"我把一盘煮好的饺子放在茶几上，攻击他："提高个屁，就是老了。"

我做什么坏事、傻事，也不瞒着他，他有什么悲天悯人的想法也总是发给我，我们互相骂上两句，翻几个白眼，但并不真的评判，心里总是能懂。

我给齐齐发的微信，直接说：上周看了日剧《重启人生》，女主为了救她心爱的朋友，重新轮回了几次。我在想有谁是我重新活几次也要救的人，想到你，就给你发个消息。

晚上收到她的回信：

——亲爱的，我从下午到现在一直在处理一堆莫名其妙的学生问题，这会儿刚回办公室坐下然后看到你留给我的这段话，忽然就很想哭，心里酸酸的。

——上周我给孩子们上课时还提到你，我说，老师有一个特别特别要好的发小，是我一辈子都会相知相守的好朋友，我们俩小时候一起学习，一起玩，一起做错事被批评，一起去尝试独立做很多事，直到现在，我都非常庆幸有这么一位知己在，因为她了解我所有的故事和过去，所以孩子们一定要珍惜你身边的好朋友。

——虽然是在教育他们，但是今天忽然就觉得，因为这段生命里有你，我始终知道身边会有一个人，能一起并肩向前走。假如我们有轮回，我会在每一个轮回中去努力寻找你，如果你有危险，我会豁出一切去救你。希望咱们在这一世都顺顺利利，然后约定在下一世也要在很小很小的时候就遇见。

我噙着泪，心里酸酸地隔天和 R 总约吃中饭。他忙叨叨地赶来，菜没上齐，他有视频电话打了进来。我把牛肉夹在他盘里，他一脸歉意。他哪里知道呢？我才不会和他这一世的蠢事计较，毕竟有很多世在等着我们。

L 小姐终于在争家产的戏剧中胜出，在奥森公园北边买了房子。我俩没有讲什么情深的话，但是说好这个周末一起去给她的新家买瓷砖。

除了这三个朋友，我还给几个人发了微信。有些爱得浓烈，我便直接讲了是看了剧引发的胡思乱想，对方亦无比骄傲地回应"那必须是救我啊"。有些爱得深沉，我便故作轻松地问了问最近怎样，要不要出来走走。

其实理智点儿想，是这十年间认识的同事、朋友和长辈们造就了现在的我。他们中的很多人，优秀、成功，耀眼到几乎闪耀着万丈光芒，待我又亲切如己，一个肩膀就能撑得起我所有迷茫时的归路。但是当我真的在深夜凝想，有谁是我愿意不惜一切代价，吃够这人世的苦难，一遍又一遍轮回也要救下的人？我想到的，都是二十年前、三十年前就认识的人们。

　　我狭隘地想：大概我在潜意识里想救的，不但是童年时的朋友，更是小时候的自己。那个残破的、充满缺憾的、一身毛病的，但是仍然有幸被朋友们无条件地爱着的自己。

34. 巧克力酱的故事

今年不知是个什么年头，周围频出分手事件。娜娜子一早就叫我写一篇《渣男鉴别实录》，算作七夕之礼，被我拒绝。倒不是多么清高，而是心虚。吃了十几年亏，学会了几个拙劣的技巧，就可以自认为耳清目明到给别人指点人生了吗？还是断了这好为人师的念想吧。

悬崖峭壁总有时，飞蛾扑火无绝期。情种是骨子里带的，断不掉的瘾。没这个毛病的人，跌过跟头，早就拍拍手绕路走了；戒不掉这瘾的，是为了做梦的装睡人，别说码几行字，大喇叭贴着耳根子，一样喊不醒。当然我这么刻薄而世俗，并不是见不得爱情的美好，只是我想起来的爱情故事，没那些跌宕起伏，更像山间流水，自在悠长。

有一天饭后，我在楼下的进口超市溜达，在调味品柜台看得出神。同事大姐拿起我盯了半晌的巧克力酱，问："这么好吃吗？"我摇摇头，接过她手里的罐子，拿在自己手里摩挲着。然后给她讲了一个比巧克力酱更甜的故事。

那是十年前，我在一家做进口食品和酒的公司工作。外交官出身的老板有阵子总是神清气爽地说着最近要新来一位菲律宾同事，全面负责开发一款巧克力酱。

"是一位美女。"老板露出十分得意的神情。

美女的签证和工作证明几经周折，终于办了下来，入职后被安排坐在我对面的办公桌。她有着小小的个子，咖啡色头发在阳光下泛着一点儿微光，小麦色的皮肤紧致又健康，巴掌大的小脸，有一点儿微微的龅牙，有时工作会紧锁眉头嘟着嘴，神色凝重。

我俩很快成了烟友。每个又困又烦躁的下午三点，我俩其中的一个会率先从邮件和PPT中挣扎出来，向对方发出一记救命式的挑眉："Smoking break?"然后便一起溜去灰突突的楼道里吞云吐雾一会儿。

美女有一次穿了一条白色的牛仔裤，蜜桃般的小翘臀显露无遗。她扭着胯信步走进办公室的十几步路，几乎迷晕了办公室里所有的男同事们。其中一个比利时的大高个儿男生，工作里话不多，除了身高算不上显眼，对美女默默地钟情。我后来透过法国老弟的玩笑话，知道了这单相思的桥段，留在心里没说什么。

美女自然是不乏追求者的，可惜总是兜兜转转不遇良人。我和美女在每天的抽烟环节中，交换着彼此的糟心事，然后跺着脚掐灭烟头回去上班。直到有天，美女说她已从上一段不靠谱的感情中抽身离开，再不想纠缠时，我脑中的八卦雷达响了起来，立刻给间谍送去话："告诉那个比利时人，想约美女的话，现在是时候了。"

几年后，我们一众人早已各奔前程：我开始道貌岸然地做起教育；法国老弟开了自己的公司；小树妈生下小树，每天和自己亲生的顽皮猴子对着哭；而比利时帅哥跟着菲律宾美女回到了马尼拉，订了婚，给我们发来了婚礼邀请。

我和小树妈欣欣然订了机票、酒店，为参加异国婚礼顺便旅游兴奋不已。他俩结婚的场地在距离马尼拉仍有几小时车程的大雅台。花砖地板、吊高屋顶的欧式庄园里，摆渡的小巴车把一众宾客载过绿葱葱的花园，送到新人的面前。

婚礼那天下了不小的雨，我们在宴会厅里一勺一勺地吃着甜品，听着窗外滴答滴答的雨声，看着新郎新娘在大厅中央盈盈起舞。身旁的人告诉我，美女全家都信奉天主教，比利时人为了和美女在一起，不仅搬来了马尼拉，而且放弃了自己原本的信仰。结婚之前，比利时人的双亲签下了白纸黑字的文件，同意小夫妻今后的所有孩子都以天主教的方式来养育。

我把这故事讲给同事姐姐听，自己则是久久地握着那瓶巧克力酱，放不下手。我想起菲律宾美女熬着夜一稿又一稿改巧克力酱包装的设计；也想起我俩吞云吐雾着骂老板的那些年；当然，更会想念在马尼拉安了家，养育着孩子的他们两个人。

中年人的情感观，少了很多粉红泡泡，秋天的奶茶、夏天的雪糕固然都是极好的，但在浸泡苦难的岁月长河里，爱是选择、放弃和承担。

　　我迟迟想不到在七夕这天写什么，最后，就写这瓶巧克力酱吧。没有什么可祝愿的，拥有爱的人总是自以为拥有了全世界。到梦醒时分才发现，这个世界一直有爱，但不是你梦里的那样。

35.Party 的真谛

　　熟悉我的人都知道我是不喜欢蹦迪、买醉、"动次打次"的。我从小就没有运动天赋，所以对我而言，剧烈的肢体扭动多半是躺在按摩床上被大夫一指按下肝胆经的时候。偶尔在车里听着80 年代怀旧金曲，或许也会小幅地摇摆几下，但是都和"劲歌热舞"扯不上关系。

　　对于喝酒，更是有着经年累月的心理阴影。读大学时离家，酒精是少年情怀的催化剂，伴随着一点儿失恋、失意的理由，和三五好友喝到烂醉瘫倒在宿舍或街角。工作之后，在无数的酒局中成长，在清空肠胃和内心呕吐物的卫生间的镜子里，看自己日渐凌厉的盔甲和心。

　　而"动次打次"算是我的有限爱恋。年轻时也和一帮朋友坐在草莓音乐节的草坪上晒太阳，鼓楼大街上的 MAO 也曾去过几次，北京燥热的夏日里司机们都在"路怒症"爆发边缘的时候，我会放几首德国战歌，以获得内心的平静。但平常若是误入工体夜店，听到环绕立体声混响的时候，便立刻要颅压蹿升，心脏几要骤停，非得逃离现场吞一颗速效救心丸了。

矫情如我，近日却偶得了 party 的喜悦。周末在冰球的活动上帮忙组织签到，我这样的外行，虽然连球的形状都说不清楚，但是因为自去年开始做了些相关工作，便常常和北京国际冰球圈的兄弟们在各种活动上搭伴儿。如今球员们大多也成了相熟的面孔，所以见了面，发发球衣，签下姓名，聊上几句最近可好，算得上温馨愉快，并不觉得有加班的困扰。

有个拄拐的加拿大小哥 L，是相熟公司的员工，算得上常联系。二十来岁，礼貌又客气，常带着笑，是我美男子老板口中"不错的小兄弟"，也是会邀他来办公室，拿出所有布料的样板，帮他选得体西装的关系。我知 L 小哥近日做了手术，尚未恢复，所以见他架着拐来球赛时有些惊讶。又想这帮人，总是有事没事聚在一起，哪需要理由呢？再说，周末和朋友相聚说不定比独自苦闷更利于筋骨的发展，便没有多问。

和我一同签到的 K 总问我要不要去晚上的 after party，我条件反射地客气着婉拒：我一个吃素又不爱喝酒的人，最是 party 的扫兴鬼。一会儿，使馆里一位身居要职的外交官走了来，喜笑颜开地和 K 总商量着什么，然后对我说："晚上来不来？我们有个乐队要演出。"

我露出些好奇的神色，她指了指拄着拐坐在远处的 L 小哥、组织冰球赛的 K 总和正在不远处的球场挥着杆的几个人，告诉我这是乐队的阵容。虽然没有猫那么多条命，但好奇心依旧害得我连连点头："好！我一定去！"

后半场签到的空隙里，K 总给我讲了这个乐队的由来：起初是 L 小哥在酒吧的开放麦上自己边弹边唱，兴致高昂，但技术欠佳，收获了些苛刻的点评。要强的青春骨肉怎能就此作罢？便跑来要 K 总教他弹吉他。K 总本来推托说自己已二十年没摸过吉他，但又忍不住小兄弟苦苦哀求，便应了下来。两个吉他手有什么意思呢？冰球队里刚好有一个会打鼓的朋友，赶紧叫上。另一个兄弟会键盘，那一定少不了。再加个贝斯手不就是个乐队了？赶紧打听一下有谁会玩儿贝斯，拉进来。使馆的 M 姐有一把好嗓子？立刻成为特邀歌手。

就这样，一班平日里本就在冰球场上互相追逐着挥杆的人们，又多了一个聚在一起喝酒的理由。然后一周一周练下来，竟也生出"练都练了，不如干脆上台去演出吧"的念头。

恰好 2022 年底有一场慈善筹款的音乐会，对乐队并不要求什么名气，有善心最要紧。于是几人立刻加紧排练了四首曲目，做好上台的准备。但计划赶不上变化，聚会和演出都意外搁置。踩着冰刀在零下十度的天气里打人（哦，不对，打球）的人哪会那么容易放弃呢？他们干脆趁着整个冬天练了十几首歌，整得像模像样，还起了名字，做了海报。然后在玉兰花吐出嫩芽的早春，在一场冰球赛后的 party 上首演。我是爱极了这故事的人，所以拖着疲惫的躯壳做了十二分要堵着耳朵假笑的思想建设，去了 after party。

天色渐渐沉了下来，室外篝火的火星一闪一闪地跳进夜空里。我做完些协助组织的工作，看不算大的酒吧里陆续坐满、站满了人。我端着自己的热红茶，蜷在吧台的角落里，和已经熟悉我面孔的酒吧小妹聊最近的生意可好。然后演出开始了。

L 小哥开场，做主音连唱了五首歌。第五首唱罢，一群好友围着他大喊着："再一个！再一个！再一个！"他笑说："这是你们要求的，可别后悔。"然后又扯着嗓了唱了一曲 Taylor Swift 的《Love Story》。我实在忍不住，把这五音不知道哪里少了一音的画面录下来，发给我在家养伤的美男子老板。他立刻抱歉地说："哎哟，很遗憾你不得不见证这个画面……"

我并不觉得这有什么可抱歉的，虽然身在灯光昏暗、人群狂躁的酒吧里，却总觉得自己好像在看一只小鸭子学游泳：平静的、翠绿的湖面上，被它拼命扑棱的小蹼翻出一层层涟漪，不远处还围了几只紧密观察、不断叫好的成年鸭们。这画面实在太过温馨又好笑，以至于从那晚到现在，我都常常暗自笑出声。我作为一只隔岸观水的老母鸭，也没忘了事后和小鸭子说一句："很棒哦！要继续加油哦！"

乐队在中场和后场轮换了主唱，每个人都撒欢儿似的摇摆。K 总和 M 姐合唱了一首新裤子乐队的《你要跳舞吗》，吓得我从酒吧角落站起来，问隔壁的姐妹他们是不是在唱中文歌。贝斯小哥献上演出最终曲目前跟大家报告："我的爸爸妈妈今天也来到了现场！兄弟们，给他们一点儿掌声好不好！哎？我爸妈已经走了吗？哦，没关系，我们继续唱！"

　　我是一个早已远离夜店，在周末都不再熬夜、早睡早起的中年人，在一个忙着给部里的老师们查资料到深夜不得不喝三杯咖啡提神的时段里，就这样待到了整个 party 的结尾，和乐队成员们一一拥抱之后，才悻悻地沐着星光离去。这当然不是因为什么完美的技巧让我深受震撼，恰恰是直击的、质朴的、纯粹的爱和快乐，以及那些不完美，共同成就了完美的夜晚。

　　这当然也是因为台上和台下的那群人，他们会在每一个无论室内室外、气温几度的日子里永远饱含热情，一遍又一遍地问我有没有冷到，一个又一个地问我衣服够不够穿；在我做鸡毛蒜皮工作的时候真诚地感谢，在我失误的时候拍拍我的肩说"没事，有我呢"；他们会在清晨给我递来温热的咖啡，会在我躲在角落的时候把我抓来推到厨师面前说："嘿，大厨！我们这儿有个吃素的。给她单做一份，喂饱她！"

　　他们每时每刻都把最大的善意毫无保留地、丝毫不懂得拐弯抹角地给自己、给世界，也给周围的每一个人，让我这样尖酸刻薄、矫情又虚伪的人，也找不到半个不开怀大笑的理由。我在那天回家的路上，突然明白了 party 的真谛：

　　与喜爱人，享快乐事，不问是劫是缘。为什么是劫数？我这些日子笑得太多，未来肯定要散很多银子去拉皮、除皱、打肉毒素。但我觉得值。

36. 那些我不知道姓名的人

上个周末操办了一场不大不小的活动。在北京 CBD 最黄金的位置，老牌酒店的花园露台，举办了一场能容纳一百五十个人的烧烤自助晚宴。活动前一周是我最忙乱的时候：售票，排座，确认赞助商；有空位时头疼活动效果，票售空了又公示，协调候补的名单；客人们的纪念品要定下，快递物流要沟通，办公室备着的饮料和巧克力，一把把被抓起递给送货、搬货的师傅们。

到活动前一天，总算是各项事务都备齐。我约了货拉拉的师傅来办公室拉走几十个箱子，师傅给我打电话，于是我在客梯门口等着，没想他从过道的另一侧出现。

我在这座办公楼已上班很长时间，却不曾知道货梯的位置，师傅轻车熟路地寻到了。他拉着小推车，胸口挂着"拉货"字样的卡牌。我指给他十二个箱子所在的位置，他自信地点头："知道了，你去忙吧。"

我回到办公桌上做事，不一会儿，师傅已经上下几趟装好了。我刚想把目的地停车场的路线告诉他，师傅一脸轻松地说：

"××酒店卸货区吗？我知道。"我想，我自以为谙熟这繁华的城市，也开了十几年车，却不曾记得卸货区的入口，更是常常在变化多端的单行路上失误。拉货师傅们到底是专业，让人心安而舒畅。

场地的搭建进行到一半，现场的工作人员给我发来微信问我要不要来看看效果。我想着最近胃寒得厉害，在三十五摄氏度的高温下晒晒背也是好的，就悠闲地走了过去。酒店电梯里有落地的玻璃和空调的凉气，我带着从网上买来的时髦山寨太阳镜自以为帅气地走进花园露台。不过十几步，下午三点的骄阳已经晒透脊背。

黑色的桁架已经搭出雏形，像变形金刚的手臂一样，在舞台的两侧架起。每条架子的周围都有几个忙碌的工人，蹲在地上的、调试架子的。整个露台十几二十个人，都在忙碌着一些我完全不懂的事，没有人抬头在意一个格格不入的我。

站了几分钟，本来和工人大声说着话的负责人瞥见我，三步并两步地过来，换了把柔声，礼貌地问："您来了？我们再有几个小时就好了。"我赶紧摘了墨镜，粗浅地说着安慰话："你们辛苦，你们忙。"然后退回酒店的走廊，等着宴会的负责人过来核对些细节。透过窗户，依旧远远地看着露台上那些穿着黑色T恤的人们在桑拿天中工作的背影。

一个师傅走进来，在走廊角落里堆放的书包里翻出半瓶可乐，蹲在地上拧开瓶子喝了几口，抹了把汗，起身出去了。

负责宴会的姐姐到了。看我望得出神，也迎着窗外站着，说："他们上午就来了，那时候太阳直晒，架子都烫手。现在好些了，所以抓紧干。"我说不出什么，只好安静地点点头，翻出本子对着第二天的活动细节。

活动当天。开始签到是在傍晚五点半，我去熟稔的发型师店里美美地吹了头发，然后在下午两点左右到了场地。此刻灯光、舞台已经全部搭建完成，乐队要用的音响和鼓也都已经安排好了在测试。昨天架灯架的师傅们都不见了踪影，换成了舞台旁边的一顶小帐篷下挤在总控台边的四五个小伙子。

我推开休息室的门，数着等下要分装的礼品。七八个身穿蓝色 polo 衫的酒店工作人员正把一个又一个圆桌的桌面从库房拿出放到露台摆桌。

宴会上铺着白色、红色桌布的大圆桌其实本来就是木质圆盘，撤场时收起入库，活动前再摆出来。我一边盘算着我的礼品袋，一边给顺丰小哥打电话撒娇央求着："拜托先送我这一单好吗？我真的着急要用，给你发大红包好不好？"

酒店的人员从我身边经过，连搬带滚地把桌面运去场地。领头的管事大姐看起来四十岁左右的年纪，polo 衫外面最初还罩了一层防晒衣，搬到第二轮的时候已经脱下，深色的 polo 衫看不出汗迹，但头顶流下的汗水已经浸湿她的短发，被暑气熏蒸的脸上透着水光。我忍不住说了句："今天入伏，真的很热，你们辛苦了啊。"大姐笑了一下，回应我也是安慰我说："你也辛苦。"

又过了一会儿，志愿者和工作人员们来了，忙碌了一阵子。天色略暗，客人们陆续到了。精致的西装领带、落地长裙，在背景板前唤着摄影师合影留念。灯光起，嘉宾坐，贵宾们讲话。

在冷库中准备了一夜的啤酒、红酒埋在一层层晶莹的冰块里，是成年人们人手一瓶的最爱；自爱德华王子岛来的冰激凌由志愿者们一球一球地挖出来盛在小纸盒里，是孩子们排着队围着冰箱不肯走的缘由；烧烤架上热腾腾的牛排、香肠、鸡肉串，腾起的烟、摇曳的灯光和乐队的节奏，让久未恣意摇摆的人们忍不住舞动。

夜沉，最后一波客人也摇摇晃晃地离开了。酒店的大哥大姐们又开始撤台。后半夜，灯光和舞台的拆卸也将开始，货拉拉的师傅又要帮我把余下的货品搬回来。

活动结束时，客人们对老板也对我笑，热情地称赞我们活动的出色。隔天早晨，收到真诚的消息说这是一个愉快的夜晚，我当然高兴，但也不安。

我知道那些笑容的背后，凝结了无数人的汗水。而我只是承命运的眷顾，站在了容易被看到的位置，那些我可能永远不知道名字的人们，他们才是这个繁华世界的根。

Chapter 5 / 第五章

道理都在故事里

37. 小肚子和拜拜肉

初夏的某日和萌萌去逛街。阳光极好，于是市郊的奥莱小城成了合家欢的游乐园，年轻的夫妇们推着婴儿车四处游荡，车里有的坐的是真的婴儿，有的是耍赖的大人。我和萌萌相视一笑，快步穿过嬉闹的街，任剧中人留在那舞台上继续表演。

在职业女装店里看衣服，冗余烦琐的设计越发不入眼了，只剩些净色利落的款式较称我心。女子有时为何喜欢在商场里消磨时间呢？于我而言，大概是贪恋手指在衣料边缘轻轻摩挲的触感：入冬的毛呢料子，略使劲捏上几下，确有铜墙铁壁般的安全感，似是漫天飞雪的凄冷天气也不怕了；而盛夏的丝绸衣料，只需轻轻拂过去，心里已是有了几只蝴蝶在迎着微风起舞。

遂拿起几件衣裙去试。到底是不该散财的日子，衬衣肩大，裙子腰紧，于是悻悻而出。萌萌在我对面换衣，较我略慢，我刚掀开试衣的布帘，正见她裹着一层蛋壳白亚麻长裙而出。

长裙是最衬高挑美人的：修长的身材在素色的裙中含蓄地收起，只留清瘦的手臂和脚踝几寸皮肤在世人眼中犹抱琵琶。我和店员不禁同时赞叹："真好看呀！"

她有些含胸，在我们的称赞中手不自然地在裙腰处摆弄，念着："哎呀，我的小肚子太明显了。不好看不好看。"

若不是经她这样提起，我是全然没有注意那裙腰的。纵使在她这般不安中，我狠狠看了几眼，那寡淡得像是大半天没有吃饭的肚皮也谈不上"明显"。但归根结底，穿衣的人不自在，衣服若有灵魂，也会不安。

等萌萌褪下长裙的工夫，店里来了一对夫妻。年轻的妈妈选中了一条浅灰色包身连衣裙，爸爸则把婴儿车放在正对试衣间的空处，自己在沙发上坐下来。

"唰"的一声，试衣间的帘子被拉开，小个子的妈妈款款而出，我又几乎是和坐在沙发上的爸爸同时脱口而出："哇哦！"

略有弹力的裙子恰如其分地附在身上，小而挺拔的胸部，平坦的小腹，紧实的臀部和笔挺的腿，像江南丘陵的水墨画，起伏而流畅。惹得我活像登徒子一样直盯这人间美景。

店员亦是称赞："这个码你穿刚刚好！"

年轻的妈妈晃着肩膀，看向镜中的自己，然后捏着手臂念叨着："唉，我这拜拜肉。不行不行，太显胖了。"

像是千里江山图上忽地被滴了墨，破了局。我一下从美景中醒了过来。

不知从哪年开始，医美已经从禁忌话题变成如买菜般日常的事。我闺密中最早开始做下颚线超声刀的，还一度被当作整容上瘾，惹我们纷纷投以悲悯的目光。如今都走到人生中段，老姐妹们也早已放弃什么"自然美"的笃定：打着相信科学的旗号，交换着医院的信息，结伴去打针、拉皮。

在给我的脸定期"返厂维修"的医美工坊里，有颇温和的院长，他不会盯着人的脸玩游戏般找毛病，只是顺着你的心意，开几个项目随你高兴去做。真是要显示些专业技术的时候，他也只是端详后，带着几分谨慎的用词："咱们面部首先可以考虑解决的是 × × 的情况。"

这让我十分欣赏。毕竟谁也不想听到自己一身一脸的"问题""缺点""不足"，仿佛是被打破了的盘子，怎么拼都缺角。但已然假意洒脱如我，也脱不了容貌焦虑的困局。被人拍的照片，总是一眼看出自己双颊的法令纹和松弛的鼻基底。我甚至小肚鸡肠地揣度这摄影师为何故意拍我的丑态，还登出来！与我何仇？

也是这几日，我才想明白这道理：大约只有在我们自己的眼里，才会第一个跳出小肚子和拜拜肉、双下巴和鱼尾纹；在别人眼里的是美景。人本也不必完美，只需自然且自洽，和谐即美好。毕竟维纳斯还是断臂，蒙娜丽莎也超重。我们也大可放过自己。

38. 难以受伤的笨女孩儿

我不是常被骂作"蠢""笨"的，所以难得一次被人这么说，肯定记得清楚。

那天下午我开车到使馆区附近，和副驾的墨总正在扯东扯西，忽地惊觉目的地已经到了，赶紧点刹车，打方向，企图拐进停车场。本来骑在我右侧的自行车突然被别，于是停了下来站在我车头。自行车车主是一名欧洲男子，看起来有四五十岁，短方脸，半黑半银的头发向脑后支棱着，狮子一样。我赶紧摇下玻璃，说着："Sorry. Sorry."狮王才不管我，气得眉眼都挤在一起，骂骂咧咧嘟囔些我听不懂的语言。末了，大声对着我吼道："Stupid girl!"之后蹬上车子，走了。

来自东北黑土地的墨总顿时从副驾弹起，作势要下车去理论。我伸手拦下，缓缓驶进车场。墨总叨叨着："他骂你蠢！骂你'stupid'！你怎么不生气啊！啊？"我徐徐地停好车，缓缓地答："因为他说我是'girl'呀！证明我还年轻呀！算他有眼光！他要是骂我'stupid woman'，我才要生气哩！"

某次西北古都的高中宣讲会上，十几个美国高校的招生处老师一同参会，逐一介绍自家大学，我也在老师队伍中。时长紧张，于是每人只有一分钟来简要介绍各自的大学。我家学校 W 字开头，故每次轮到我，都已是时间一拖再拖，众人疲态尽露之刻。我想速战速决，便疾步上台，简要讲完两点，下台，回座。后排的一只手拍拍我，回头看，是友校的一位老师。"赵老师，你这两年的中文好了很多！"眼镜片背后一脸认真。

"哈？这话怎么说？"胡同串子的我被这突如其来又意想不到的"称赞"噎住。"我记得前两年咱们一起开会的时候，你讲中文没有这么顺，要加很多英文的。今天听你讲中文，就觉得你中文进步了很多！"前后排左右几个，都是深知我底细的同行。我拉住放在我肩膀上的手，眯着眼坏笑说："哎呀，×老师，您别理我！我那只不过是爱装的臭毛病！"四座哧哧地笑。

但我其实不是这样"厚脸皮"长大的。一直到上中学之前，我穿的大部分衣服都是母亲趴在缝纫机上一脚一脚踩出来的，有直筒裤，也有她不再合身的旧上衣。彼时我对打扮似乎是不在意的，毕竟一个孩子有了"好学生"的盔甲就百毒不侵了。

有一天住在胡同口的同学生病，没有来上学，我自告奋勇去给她送作业。她家是一个独门独户的小院子，推开门是几平方米的院落，一棵树长在院中，树荫散开罩着全家人。敲门，铁皮小门打开。同学妈妈烫着精致利落的时髦短发，开门迎我进来。我把作业本给了同学妈妈，说了些老师嘱咐的话。同学妈妈客气地笑着,把本子接了过去。人慵懒地倚在门边,问我些家长里短。她的目光终于在我身上的麂皮豆沙色外套上凝住,伸出手摩挲着我的领边,温情地说:"这是你妈妈的衣服吧?"然后非常隐蔽而不经意地叹了口气。即使只有十一岁,我也能读懂那丝悲情和怜悯。

丹青老师的《草草集》里,有一篇谈及当代艺术家杜尚的文章,题为《难以受伤害的人》,书中写:

你容易受伤害吗?你如果诚实,你会承认,我们很容易受伤害。什么伤害呢?好比说,当年我老是没法离开山沟,老是被各种招工拒绝,很受伤害。我亲眼看到不知多少画家,哪张画选不上,哪个级别没弄成,哪幅画没卖个大价钱,饱受伤害。同学里面,比如班上他是100分,我是90分,可是我不服,我便受了伤害。

现在的故事呢:这哥们儿开的是奔驰,我开的是桑塔纳,很受伤害;他的女朋友比我的女朋友漂亮,又受伤害……生活中无数大事小事让你受伤害,有时仅仅一句话,一个眼神,一张他人的脸,就能让你觉得受伤害。

……

我另外喜欢杜尚的一句话:"你接受一件事,拒绝一件事,其实是一回事。"

我是既不懂当代艺术（或者根本任何艺术），又不懂杜尚的人。但我热爱他。想到杜尚，我便可以心安理得地做一个难以受到伤害的笨女孩儿。

39. 迷路的小鸭子

初秋的傍晚，东三环，酒店高层的酒廊，配着一杯热茶和几块点心，我和卡姐有一搭没一搭地聊天。

手机嗡嗡响了两声，卡姐拿起看，舒展的眉眼紧了一下。我问："怎么了？""我老公发消息说，儿子在幼儿园这两天吃了泡面和面包。"卡姐说。"所以……是吃坏肚子了吗？""不是，就是觉得吃泡面和面包不太好。"卡姐一边说，一边好像自己心里也在挣扎着什么。"你是觉得只吃泡面和面包，营养不太够？"我在努力理解一位母亲的心态。"对啊！毕竟孩子还小嘛！"卡姐声音硬气起来。"可是，你和你老公怎么知道，他是只吃了泡面和面包呢？是孩子拍了照片吗？"我眨着眼。"那倒也不确定，所以我想着要不要问问班主任，到底是不是只吃了泡面和面包。"卡姐拿着手机，手指碰了碰屏幕，终是放下了。"但是我也觉得，是不是显得我太'事儿'了？"

我到底是无法感同身受，喝了口茶，换了个思路安慰她："你这样想，有可能是吃了好几样东西，孩子只记住了泡面和面包，这样来讲，你就不用担心，也不用去问老师。如果真的是幼儿园有什么问题，连续两天只给孩子吃了泡面和面包，妈妈群里那些远比你事儿多的妈妈早就跳出来了，也用不到你。是不是？"女强人卡姐回过神来，立刻抛下老母亲的担忧，用力地点头："你这个逻辑对！那我不管了。"

好朋友的微信群里，有几百个每天在焦虑和反思中摇摆的母亲。有妈妈求助："我儿子四年级，性格不强势，这个学期成了副班长，现在老师总是让他在课间管一些调皮的男生，他就把之前的好朋友都得罪了，只和一两个懂事的女生一起玩儿。这个该怎么解决？这种小学就选班长的制度合理吗？"

我不知怎么回答。不知道如下哪个结局能让这位母亲安心入眠？

1.男孩儿只和男孩儿玩。

2.男孩儿和所有人都平均时间地玩。

3.男孩儿和所有人都不玩。

4.男孩儿选不上班长。

我和胡总吃饭。她家公子刚进了京城出名的某高中国际部。胡总自己是坚韧又好强的山东女子，凭借一人之力几乎撑起公司起起伏伏的二十余年。好胜如她，倒养出了一个陶潜般的公子。

"哎呀，你说怎么办？我儿子自己太有主意了，从来不争不抢。我说你考不到好大学，没有好工作，挣不到钱，将来怎么生存？他就给我引古诗，跟我说将来不在北京这样的大城市，去个山清水秀的小乡村也一样可以。你说说这可怎么办呀！"

我笑："这样天使一般的好儿子，你怎么养出来的?"胡总猴急起来："这怎么好了！一个男孩子，一点儿都不要强！怎么办啊！"我半认真半开玩笑："争第一的人，才永远是输家。"

某个盛夏的夜晚我和齐老师在西海边溜达，新修的木栅栏栈道来来往往有不少散步的人。夜沉得很，隔岸的房子亮着灯，唱曲的音韵漾在湖面上，让我想起朱自清笔下的秦淮河。我俩走着，赏着郁郁的荷叶和娇羞的荷花。忽地，齐老师尖声喊："你看！那么小的一只鸭子！"

我定睛一看，真的呀。一只比巴掌大不了多少的小黄鸭，像个黄色的毛球，在小片荷叶间扑棱着，时不时张合着一张小嘴，在水波里吞食。它实在太嫩，做什么都透着笨拙和青涩，惹得好几个路人驻足。我和齐老师两个"好为人师"的家伙开始摆谱儿："这么小的鸭子，怕不是走丢了吧？它妈妈呢？""该不会是谁家买了，养了两天又弃养了吧？"

为小鸭子操心了半晌，目力所及之处寻不到大鸭或者主人，我和齐老师带着两颗破碎的心走开了。十几分钟之后，我俩走到河岸尽头，正在找路打车各自回家的时刻，齐老师再次惊叫："鸭妈妈在这里！"

我一看，果然，一只成年的鸭子，挺着浑圆的肚皮，悠悠地蹬了两下掌，游到养荷花的分隔带上，定定地趴下来，回过头梳理自己的毛。齐老师终于舒下半个心，念叨着："真是心大的妈妈，孩子跑那么远，也不着急。"

　　我拍拍她："它可能只是有足够的信心，知道它的孩子一定行。"

40. 离婚的季节

　　照理说春天是恋爱的季节，我周围的人却都在烦恼离婚，想来或许因为年龄。好在我对此类事很乐观，倘若这批朋友今年顺利离了婚，明年此时又可以恋爱了。像金基德的电影一样——《春去秋来，又一春》。

　　准备离婚的男女，有些相似之处：譬如突然要增加和朋友联系的次数（所以如果有已婚朋友本来淡了联络，近期突然频繁要求见面吃饭的，可以算得上有离婚的端倪）；相约都是晚饭，最好再"一起喝上几杯，聊聊天"；见了面先要故作镇定地扯几句有的没的，然后开始讲婚姻生活之不幸福以及配偶的种种陋习，然后痛下决心地吐一句"这次我想好了，我要离婚"；末了问你有没有打离婚官司的律师推荐。以上行为，除了介绍律师之外，大抵要重复三到五次，拖延一至三年，往往拖着拖着就不离了。

　　当然男女差异也是有的。譬如要离婚的女生朋友，会在灯光昏暗的威士忌吧里窝着身子抿着酒，闪烁着迷离的眼神一遍又一遍地问我："我为什么会这样子呢？我总是喜欢这种男生的原因是什么呢？是不是我从原生家庭没有得到足够的爱？我现在就是想弄清楚我的问题在哪儿。"

我把面前的酒杯推远了点儿，一时间想不出什么安慰的话，只好求助吧台后面正在认真凿冰的调酒师："帅哥，喝酒的客人里，是只有女客人会在这里问自己有什么毛病吗？还是男客人也会在这里一边喝酒一边问自己问题出在哪儿？"

调酒师一边晃着酒，一边腼腆地摇头："好像都是女生这么说……"

我于是得了肯定，立马转头，双手捏住朋友的肩膀，使劲地摇晃着："醒醒吧你！你最大的问题就是老在找自己的问题！"

男生朋友不会这样。尽管要离婚的是他本人，但是吃一整顿饭外加三杯啤酒的晚餐时间里，几乎说的都是工作上的抱怨和哥们儿的糗事。餐后抽烟的间隙里，还是我问起离婚的进展，方才一副假装轻松的神色说："就差几个月了，现在就是等约好的时间到了，就离。"

男生不追根溯源，当初自己怎么决定结婚的绝口不提。有了离婚的想法之后想的都是下一步，烦的也都是以后。孩子上学要搬家，搬家是要租房还是买房，租房的话公积金够不够，买房的话老房子能卖多少，周围有什么亲戚，老人和孩子同时生病怎么照顾，将来再结婚要找什么样子的，再结婚住哪里合适。是的，要离婚的男生早就知道自己以后还会再婚。我们也都知道这是板上钉钉的事，虽然并不打算再给一笔份子钱。

女生则不会。在一夜又一夜分析过自己的毛病，努力分辨"真正的自己"和"被情绪控制的自己"之间的区别之后，女生得出的结论依旧惨兮兮——"我以后还能找什么样的人呢?"

大概因为这样坚信自己有问题于是自己给自己找问题的心态，所以女生在争取财产上也显得不那么理直气壮。房本上明明有她的名字，还是会吞吞吐吐地说:"唉，当初我公婆就是因为我老公把我名字加上才不高兴的。"我说既然有法律的保证，就正常请律师来办理和争取。她又垂着眼说:"唉，他这不是上次打电话很激动吗? 我就想再等等，等他能冷静一点儿再说。"

我向来狭隘地认为能妥善处理好情绪而冷静面对离婚的人，根本就不会离婚。但冲突规避型人格的我也能理解女生的顾虑，只好宽慰着一双充满忧虑的弯眼:"那就想一下自己能接受的底线，然后在底线之上尽可能快地谈妥、分开，也好各自开始新生活吧。"她叹口气，又咂了一口酒:"唉，是啊，我的底线是什么呢……"继而转头看我:"亲爱的，我真羡慕你这么理性。"

理性，似乎是挺好的一个形容词，但是放在很多语境中难免带着一点儿没人味儿的感觉。但准备离婚的男人们似乎都比女人理性，因此也理直气壮得多。

譬如我要用安慰女生同样的方式安慰要离婚的男生，劝他适当留些钱财给前妻换得早点儿脱身，男生点起第二根烟，不带迟疑地跟我解释他已经和律师咨询过:"我们这种情况财产没什么要分割的啊，就很简单，房本不是我俩的名字，所以她也分不着；婚内除了一辆车什么也没有，而且车还是我妈出的全款，付款手续和发票我都有，这种情况她也分不到；再说了，真要分也可以，车牌留给我就行。"法律条文、事实依据，在对簿公堂前都想妥当了。这是男人。

当然无论共性还是差异，离婚终归不是一件愉快之事。Jordan Peterson 在一个讨论婚姻关系的讲座时说过一句大实话，我颇为认同："很大程度上我们能在一起几十年，是因为我们都笃定——因为没办法换人，所以只能尽全力解决问题。(We are stuck together. There is no way out.)"

而没有这样决心、眼光和适应能力的吾等凡人，也只好像春天河面上的鸳鸯们一样：看似深情而缠绵，实则每年春天换一只配偶相伴。

41. 每个女人都应该有一辆自己的车

我驾龄十四年，说长不长，说短不短，大约算得上是一个开车技术一般，停车技术尚可，擅长在"首堵"的城市道路上安全驾驶而不发狂的女司机。

最近几次离京探亲，被周围的姐妹们开车载着。在江苏，整日和陈老师在无锡、常熟、苏州之间的地界乱窜；在上海，被娜娜子从浦东拉去浦西每日往返着会友、看展；上周随着梅芬一路从兰州自驾到甘南，在拉卜楞寺高反，又临时改了行程北上去刘家峡看石窟。在甘肃又秃又黄的群山环抱下聊天，我和梅芬忍不住得出这样的结论：每个女人都应该有一辆自己的车。

我有三四年没见梅芬，上次见还是她结婚时，去兰州参加她的婚礼，在娘家吃完素臊子面，又随着亲友跑去婆家吃馍。眨眼几年过去，她的娃都已经快三岁，长得快到我照着三四岁小童尺码买的衣服险些不能穿。临时起意要去兰州找她时，梅芬便在电话里激动地宣告："姐，你来。我开车拉着你，咱们去甘南玩一圈！"我想两姐妹的旅行总是极好的，于是买了票就飞去。

　　约好碰头的早上，我拖着箱子在路边等。一辆清清爽爽的白色小车缓缓地停了下来，副驾的车窗降了一半，梅芬在驾驶位上弓着身子看着我笑。我把行李一股脑儿扔进后备厢，跳上车看她。身子壮了一点点，脸庞没变。硬炸炸的头发梳了起来，扎成马尾束在脑后。人还是精神，有底气，干净纯粹得像西北的空气一样——不给人一丝黏腻。

　　我问她一个人开全程行不行，要不要我中途换手帮着开，她笑呵呵地说："不用呢姐，我不累。"我俩有一肚子的心事和八卦要讲，于是三天十几个小时的车程里一直在嬉笑怒骂，嘴巴几乎不曾停下来，讲到心里累了，就叹口气，看看窗外的景。

　　甘南、拉卜楞寺是我一直吵着要去的。于是寺门还没进，只在景区门口的商店就已经兴奋得跳脚。藏族审美特色的各种围巾好看极了，买上几条，我俩各自披上，又买了几条留作送人的礼物。梅芬去找不懂汉语的藏族大姐编头发，我又细细地挑选起钥匙链。东西七七八八买了几兜，堆在车后座上，又戴上梅芬备在后备箱的遮阳帽去寺里逛。

　　到傍晚，天色渐渐灰下来一点儿，我娇气的身体开始发出高反的预警，于是立刻买了氧气瓶，回到民宿的床上躺着吸氧。待脑壳的疼痛缓解了一些，便开始和梅芬喝着茶盘算：原本的计划是再往更高海拔的郎木寺前进，如今看起来有点儿难度。我略有些不好意思地问她："咱们临时改行程往回走吧，行不？"她毫不犹豫地回："可以啊。我带你去刘家峡！看黄河的上游，到黄河边喝茶去！"于是我们麻利地退订后续的酒店，第二天一早就折返北上。

我们走的一路，不算太过拥堵，但是沿途的各种大车、小车、牦牛和路人依旧不少。我们慢悠悠地开着，任高原的阳光洒下来。梅芬说："子然姐，你知道吗？我觉得这辆车给了我自由。"

"真的吗？展开说说？"我仰倒在副驾的座椅上，脚边是梅芬从家里带出来的保温水壶。她知道我只喝热水，于是这罐水壶一路总是满的。

"自从我有了孩子，我带着她去了好多地方。我自己想带着孩子出门的时候，我就把她放在后座，她就乖乖的，我俩想去哪儿就去哪儿，不用打车，不用等老公给我开车。玩一天下来，她在后面睡觉，我就开回家去。就我们两个人，特别自由，特别好。"梅芬说着，用手比划着女儿怎么躺在后排睡觉，学着她们母女二人如何在出游的路上对话。我作为一个事儿多的姨妈，当然忍不住想买一个儿童座椅，但是心底依旧觉得舒畅得很。

虽然毫无本事给任何汽车品牌写软文，但是我侧过脸看着梅芬：甘南高原上夏日晌午的阳光从车窗照进来，晒得人红彤彤。她一只手戴着冰袖倚着门，一只手从容地把着方向盘，笑着讲孩子的事。我由衷地感叹：每个女人都应该有一辆车。

想起几年前网络上大热的那位一人一车逃离婚姻生活的五十多岁郑州阿姨，旁人可以说她不负责任、不为家人着想，但是没人能说她不自由。而对于大部分生来要做女儿、做姐妹、做妻子、做母亲的女人来讲，温顺、周到、顾家、善解人意是必修的美德，唯有自由二字是不必的，甚至是第一时间被牺牲和放弃的人生要素。

早前有笑话说中年男人为何开车到家楼下后，要在车里坐很久。其实中年女人也一样。大部分人纵使拼尽了家人的积蓄和自己的才智，在北京这样的大城市购置下房子，门打开的那一刻，也难免要面对父母、配偶或孩子。而最接近属于自己的、不易被打扰的、安全又狂野的空间，大约就是车里了。

当然，理智会告诉我们：房产大概率会升值，而车子只会贬值；大城市上车牌是个问题，繁华地段停车是个问题，每年养车的钱比起打车要多得多。但是有一辆属于自己的车的感觉太好了。

我有时候早起走到停车场，看到它静静地守在原地等着我，仿佛步子都轻快了些。十几年里，我在车里哼歌、大笑、自言自语；在车里骂人、尖叫、哭泣。它接纳我所有的情绪，包容我每一天的喜怒哀乐。我不用解释、不用自证、不用顾忌，在一辆车的方寸空间里，可以只做我自己。尤其是握着方向盘时的掌控感，它让我有了在任何时间去任何地方的底气和勇气。

从此，大可不必做一个在家梳妆等人来接的公主。驾上自己骁勇的骏马，在和心爱的人不舍分别的时候说上一句："走，我送你回家。"

42. 我的"厌童症"

这个夏天，大概是全中国孩子们出游最热烈的一个暑假。北京的街上动辄可见戴着各色帽子的小学生和走在前面高举着小旗、喊破了嗓子的导游老师。高年级的研学团行程直接影响着清华、北大周边的交通压力。我有一天想去国博看看石窟展，发现七日内早已无票可预约，只能叹口气："等开学了再说吧。"

高铁上、飞机上，各种乘客和带孩子的父母爆发的矛盾始终占据着七八月的热搜，以至于媒体又翻出了心理学的武器，开始搬出"厌童症"这样的词。好像只要帽子扣得到位，天下就可以太平似的。于是我也忍不住想起自己的"厌童症"。

照大自然的编码逻辑，大部分女性应该是喜爱小童的。我就认识不少姐妹，无论见到谁家的孩子都能露出姨母笑，要是见到刚出生的婴儿，更是恨不得一把夺过来亲亲抱抱，谓之有"香香的味道"。而我无论看什么样、多大年龄的孩子，哪怕是照片上的孩子，最多可以露出职业的笑容，说一句"嗯嗯"，内心则想着"So what?"更多时候，则是在公众场合遇到高频尖叫的小孩儿时，控制着自己逐渐升高的血压和颅压。

前些年出差的时候，有位同事带着她四五岁的儿子，我们俩完成白天的工作，傍晚要去接上孩子，再赴晚上的饭局。我虽然不喜欢孩子，但也不至于全无社交礼仪，所以对这样的安排，只是露出合作的笑脸，心想，各吃各的，应该也互不影响，然后天真地和母子二人并排坐在出租车后座。

那天的车程略长，加上堵车，有近一个小时。起初的三十分钟，孩子被妈妈抱在腿上，嘟嘟囔囔地说些小话，和妈妈玩互换角色的游戏。再到后来，常规的游戏似乎是用尽了，儿子开始从妈妈的腿上爬下来，站到我和他妈妈的中间，先是试探性地看我，然后飞速地用小拳头捶了几下我的胳膊。我有点儿错愕，莫名其妙，但没有言语。他看我没有反应，又快速地捶了几下。

不知道是因为这次我全然知道他正在打我，还是因为他的确加大了力道，我已经明显可察觉到痛感，于是正色起来，盯着他的眼睛问："你为什么打我？不要再打了。你打疼我了。"

他妈妈这才把儿子揽过去，重新抱在怀里，问："为什么打赵老师呀？哦？因为你觉得她是你幼儿园的那个赵老师吗？"

我挪了挪身子，往窗户边靠，尽可能距离拳头远一点儿。再次被"袭击"的时候，我半开玩笑地说："你再打我，我只能下车了哦。司机师傅，麻烦你靠边停车。"然后，司机、孩子和孩子妈妈都对我这"得体的"玩笑不屑一顾，继续在拥堵的道路上前行。

终于到达目的地的时候，我如释重负地跳下车，感觉空气都格外香甜。晚餐的前半段，我们几个成年人尚且平顺地进行着饭局的对话，后半段，孩子又开始不时地蹿到我旁边，飞速给我两拳的时候，我只好瞪大眼睛看他。他妈妈大概不觉得这是什么大事，所以只是把儿子往自己身边拨了拨，然后又继续饭局上的对话。

孩子跑来跑去实在有些恼人的时候，他妈终于放出了整晚最大的狠话："你再闹，我就让赵老师把你带去北京！"

于是改成我瞪大了眼睛看着这位妈妈，不明白这样的威胁究竟是在惩罚谁。然后当小男孩儿又走到我面前举起手，我终于放弃了做一个场面上好人的妄想，全脸堆笑地对他说："你妈妈错了，我不会把你带去北京的。你要是再打我，我就打你，当着你妈妈的面打你。"

吃完饭，我主动提出定回程的车。当一辆六座商务车停靠在路边的时候，孩子妈妈张大了嘴巴："你怎么叫了这么大的车啊！"我径直坐到副驾驶的位置，示意他们母子坐在空间大的后排，然后说："我怕再和你儿子坐在一起，我可能会忍不住打他。你养个孩子也挺不容易的，咱们还是分开吧。"

后面这些年我常把这个故事讲给周围和我有同样"厌童症"的"病友"，然后在此起彼伏的白眼中拍着各自的肩膀安慰。

直到上个月，我请了年假去甘肃玩，和几年不见的姐妹自驾游，聚在一起吃喝玩乐，好不开心。可惜几天后羸弱的肠胃到底罢了工，回程的前一晚，我胃痛到彻夜未眠。第二天早上，北京又下大雨，候机室挤满了被延误的人，吵吵嚷嚷推搡着地勤人员。我在人味儿蒸腾的笼子里扶着快要裂开的脑袋，耷拉着眼皮，过了不知多久，终于拖着行李登了机。

我坐的兰州飞北京的航班是中小型飞机，左右各一排，一排三人。我一早选了靠窗的座位，想着一路睡过去，省了和别人对话的麻烦。结果拖着脚步走到座位旁，发现一对父子已经在了：父亲坐在中间，六七岁左右的孩子坐在靠窗的位置上。我在过道位置站定，孩子爸爸立刻问："您是坐 A 的位置吗？"我点头。

"我们能和您换一下座位吗？"爸爸说，然后立刻拉过来正在看窗外的儿子。小男孩儿穿了件橙黄色的 T 恤，头发剃得只留下头皮上薄薄的一层，眼睛大又圆，小身板纤细。他趴在父亲的腿上，一双眼朝我望着，稚里稚气地大声说着父亲教好的词："阿姨，我可以和您换位置吗？我是第一次坐飞机，我想坐在窗户边，行吗？"

我吸了口气，在善意的乘客和疲惫的恶毒阿姨之间做着选择。看出了我的犹豫，孩子爸爸立刻补了一句："您要是不方便换也没关系，没事儿。"然后开始整理孩子的东西，为换回座位做准备。

我低头，小男孩儿还在爸爸的膝盖上趴着，殷切地看着我，像小狗一样。这当然并不是骂人，因为很多人的品性未必能胜过狗。我有时候感叹小狗眼真的是人间灵药，绝对信任、绝对忠诚、全心看着你。

我在麻木得不想思考的时候，还是被小狗眼逗笑了一点儿，和他谈起条件："那我要是同意了，你会谢谢我吗？"

"谢谢阿姨！"小男孩儿即刻洪亮地大声说道。

像咬到了夏天第一口西瓜心儿，我心里又沙又甜，嘴角不受大脑控制地上扬了一点儿，然后在过道边的位置坐下，开始闭眼睡觉。

小男孩儿在两个多小时的旅程里提了各种各样的问题，于是爸爸从飞机上升、下降的基本原理和零部件讲到平流层和对流层，从西北高原讲到河北平原，不过自始至终都压低着嗓音。孩子有时候问得兴奋，声调开始偏高了，爸爸立刻喝止他："说话要小声啊，记得吗？"

我整个途中都在半梦半醒和闭目养神之间交替，只有两次睁眼做活人状。第一次是觉得有些冷，前后张望起空姐们的行踪，隔壁的爸爸立马问我："您是不是要毛毯？"然后伸出手臂示意空姐，帮我取到毛毯。第二次是其他客人已经用餐完毕，我得空去洗手间，隔壁爸爸又问我："您要不要吃饭？"我笑笑摆手。感觉我换个座位，换出来一个一对一服务的空少。

走到机尾部，排队方便的时候，我发现倒数第一排的三个人是一位妈妈带着两个年纪更小的孩子。妈妈坐在靠过道的位置，两个孩子安坐在里面。其中一个孩子起身张着小胳膊要和前排乘客打招呼却被妈妈拦下来，示意他要安静坐好。我才明白，原来和我隔壁的是一家五口。

落地前进行了短暂的交谈，我得知一家五口这是要经北京转机去三亚度假。忍不住替每天围着三个孩子转的父母捏一把汗，但又觉得人家似乎早已有了方法。飞机终于着陆，大家纷纷起身要走，我隔壁的稚声稚气又响起："谢谢姐姐！"

可能是终于回到家全身爽利的缘故，又或许是这短暂的路途竟神奇地对我的"厌童症"有了些治疗的效果。我轻轻地摇头，对小男孩儿说："不客气呀！"

43. 我不再恨那个美女

上周看《没药花园》里的一篇案件分析，文中有这样一段话："发生在校园和职场的谋杀，几乎都是在同性之间，积怨颇深，因为这种愤怒往往包含了妒忌（不同于吃醋、嫉妒）的成分。"我忍不住点头。

我是犯罪题材作品的忠实爱好者。真实或虚构的事件中，除了报杀父之仇或欠债不还的情况，最深的恨意、最残暴的手段——于异性之间总是出于性，于同性之间大概都是出于妒忌。原始的法则干脆又直接：同性既是竞争者，你比我美，就是争夺我的资源，就是我的敌人，我就要恨你。

继而开始反观我周围的女生朋友们，个个貌美如花。为何我（们）不因为常常升起的嫉妒心而残杀彼此或者相互嫌弃呢？这不科学。但我从来是这样吗？想想又好像不是。

我想起中学时代的美女闺密。她生了一副混血儿的样貌：高鼻梁、大眼睛、弯睫毛，白皙小脸，大长腿。整容机构要开刀才能实现的微笑唇天然地挂在她脸上，配合着忽闪的睫毛对着人笑。徐若瑄和迪丽热巴捏在一起，大概是她的脸庞。我们虽然分食一盘炒饭二十几年，但也时不时闹一下冷战。我年轻时总喜欢给自己找些冠冕堂皇的借口，"因为她这样那样做，我觉得是不对的，于是我很生气"云云。现在大致明白，就是内心深处的嫉恨罢了。

譬如我们还在暗恋且常常失败的阶段，她早已能够（看似）不费力气地让前后左右的四个男生都钟情于她，每日收到的零食从第一节课吃到下午放学。她不消做什么承诺便收到几百元（当时对我们而言是天文数字）的礼物，被我和另一朋友"义正词严"地质问。她可以酥酥柔柔地答："我收了他的礼物，他开心呀，我给了他开心的机会啊！"

我彼时心里想的，大概不是"没错，你值得！把男人都不当一回事就对了"这样大女主的言论，而是一些相对阴暗的念头。

年轻的血管像被原始动物性的火苗点燃，怒气熊熊燃烧。每一分异性对她的喜爱都像汽油，让我对她的妒忌像时静时动的火山，喷发、寂静、再喷发，总是交替进行。

又譬如有时我们一群人排队找老师领材料，我们旁人排到位置，领了东西便走了。排到她时，便会有婆婆妈妈辈分的老师立刻细声叫起来："哎呀，这姑娘怎么那么好看啊！"然后满脸绽放笑颜，伸出双手一把一把地摸她的胳膊和手，迟迟不把材料给她，仿佛怕时间过得太快，要失去这看美人儿的机会似的。

我彼时心里想的，肯定不是"性别平等、girls help girls"这些内容，而是"所以我们是不配被多看一眼咯？"

水泥色调的楼道里，美人和她的爱慕者成了唯一发光的点，衬得余下的人都是些面目模糊的怪物。角落里的恨像藤蔓植物，在阴暗处生根发芽、张牙舞爪。

后来我随着年纪的增长，渐渐淡了对其他女性的妒忌心。

一则是因为明白了：那些无端的恨意、找碴儿、看不顺眼、"你凭什么"根本与他人无关，是自己的阴暗心理作祟。再者是因为能看到：那对他人的恨意并不会让自己变好一分一毫。而我在心理阴暗的同时至少理智尚存，不会傻到做赔本买卖，与其咒怨着一起毁灭，不如和谐共赢。

上周朱老师生日，邀了她周围八九个美貌、智慧、有才学的女子相聚。

我敲门，Z医生打开门，第一句话是："哎呀，真漂亮！"坐在朱老师新家的厨房里，旁边的H老师容忍着我的"二手"广东话，兴高采烈地聊着茶餐厅轶事。讲到激动处，H老师笑成眯眯眼，轻轻拍着我的胳膊，说："你真的好有趣！"

朱老师穿着丝质的香槟色细肩带连衣裙，紧致的肩膀和手臂露在外面，微卷的长发随意地披在肩头。她光着脚在厨房的地板上走来走去，给我们倒茶、做水果酒、切比萨、拌沙拉。无论在何时何地，她的美和魅总是融在一起：走路时轻柔地摇动腰肢，说话时眼含爱意，声音低而稳，让人听上几句就像喝了爵士酒吧里的鸡尾酒一样晕乎乎。

　　放在二十年前，她应该属于我最不喜欢的女生类型，因她彰显魅力的每一秒都在提醒着我自己的平庸和无能。如今历经多年"治疗"，我终于可以舒服地和女神做朋友。

　　治病的法子倒也不难。每当我心中腾起"她这么美，是不是显得我很差劲？"的念头（毕竟都是凡人，这念头还是很难戒掉），我便会搬出理智大锤，和自己内心的妒忌之火"面对面聊聊"。

　　妒忌之火："她又在散发魅力了！天！我永远也成不了这样！她怎么做到的！"

　　理智大锤："你做不到她的样子，因为你只能做你自己。"

　　妒忌之火："她的眼神好暧昧！所有的男人和女人是不是都爱她！"

　　理智大锤："他们是不是爱她，是他们和她之间的事，不是你的事。你要做的事，是爱自己。"

　　妒忌之火："可是她这么美，全世界都爱她，那不就没有人爱我了吗？"

　　理智大锤："你是不是觉得你总是在做鲜花旁边的绿叶？永远做陪衬，心有不甘？"

　　妒忌之火："对啊！为什么我永远是绿叶啊！"

　　理智大锤："那你换个角度想，你不是绿叶，你是牛粪。"

　　妒忌之火："谁想做牛粪啊！我也想做花啊！"

　　理智大锤："鲜花聚在一起才美丽。你想成为花，更应该和花待在一起，如果你因为鲜花的美丽就远离它，你只会离美丽越来越远。"

妒忌之火："我离开这些娇艳的花，找一个谁都不如我的地方，我不就可以显得很美了吗?"

理智大锤："傻瓜。鲜花丛中的牛粪，能滋养花朵下的土壤，人人都要赞美你。牛粪堆中的鲜花，臭气熏天，没人要去理睬你。"

我若有所思，摇晃着手里的酒杯。虽然"做块儿粪"不是一个听起来令人愉悦的结论，但是当我有了安心做粪的心态以后，早年时对同性的恨意便逐渐停止了生长。再看美人儿时，虽然也难免有些旧习性的叹气和惆怅，但总归是多了松弛和泰然。恨意像是怕光的恶鬼，放在阳光底下晒一晒，不是干了就是瘪了，再用指头一弹，就碎了。

鬼使神差地观到自己一路而来的内心角落，回看记忆的时候，甚至能感觉到那黑暗的力量隐隐地吞噬着我。有些思想，如此粗鄙而邪恶，我内心纠缠着该不该如实记下来。胸口几次吐气，终于还是写了。

Jordan Peterson 有句话说："我们拒绝承认自己心中有恶，便是最大的恶。"是为记。

44. 智者不入爱河

有一阵子没见 A 小姐，她还是阳光明媚。翠绿的毛衣配雪白的围巾，坐在沙发上朝我招手。

我问她去欧洲的圣诞旅行怎么样，她讲，在古堡里和朋友一大家子玩猜谜游戏，到伦敦睡朋友的沙发床拼一夜的拼图，在巴黎逛博物馆小商店买手感细腻软糯的围巾给自己和我。

我又问到她新搬的家怎么样，她笑着讲起房东对她的"面试"过程，她又是怎么在最后谈价钱的斡旋环节，既不受委屈又让对方也满意地解决了问题，最终以颇为合适的价格租下来京城核心地段温馨的小一居。

吃了沙拉又喝咖啡，她讲自己去年刚考下来行业内最高等级的资格证书。我俩拍着手庆祝。

终于日头转到下午，说到她离婚后的情感生活。A 小姐露出一丝骄傲地给我拿出她的约会软件，我十分赞赏地点头，步子迈出去就是好的。

我们继而聊起婚恋观和周围人的八卦。我一边嚼着燕麦巧克力球，一边问她："你觉得像 ×× 那样，人到中年的事业型女性要找什么样的伴侣合适？"

A 小姐想也不用想地说："霸总啊！"

我赶紧用咖啡漱了漱口，接着问："并不会给霸总生孩子，也不打算牺牲自己事业的哦！"

"但是霸总可以对她有感觉（chemistry）啊！"A 小姐笃定地大声答。

我吸了一口气："所以你觉得，一个男人有坚定的目标且努力做到事业有成，又拥有了极高的社会地位，符合了"霸总"的设定之后，在择偶的时候，既不需要年轻貌美和生育价值，也不需要对方拥有财富和社会关系的实用价值，只需要'Chemistry'就够了？"

A 小姐被我问得慌了神，水汪汪的眼睛露出了"这道题难道还有别的答案？"的惊恐表情。

叹了一口气，我又忍不住落井下石："而且这样的霸总，或者说任何一个人，怎么能保证毕生只对一个人有感觉，此后再也不会对别人有感觉呢？"

对面水汪汪的眼睛里像是蒙了一层雾，裹起迷茫的旋涡。

小树妈最近遇到点儿事，给我打了一个多小时的电话。

本性良善又前半生顺遂的女孩子最大的软肋是走进现实。大约总会在三十出头的年纪，猛然通过一些事件的连锁反应，产生对人性的大震撼，然后发出"这世界上怎么会有这样的人呢？我以前一直都觉得人都挺好的呀!"的感叹。

所以我总觉得"千金难买少年穷",倒不是非要在成长的阶段吃不上饭或是遭受虐待,而是小时候吃点儿苦头,或者是年轻时遇到过几个所谓的"坏人",被冤枉过几次,被穿过几次小鞋,被莫名其妙当过枪,总归会多些记忆,人到中年再遇到些"小奸小恶"之人,也容易应对一些。

小树妈虽然从小被放养,算不上温室的花朵,但是总归生活和职场遇到了很多好人,所以居然是到了自己儿子上学,才在家长群这样的圈子里见识到人性的险恶和无常。

她委屈地在电话另一头哭着说:"我是做了什么伤天害理的事情,要这样对我啊?"

我等她情绪缓了缓,平静地说:"和你没关系。大部分人说话和做事情,只是为了自己而已。"

她抽泣了几声,又说:"我现在对人性都产生怀疑了,我甚至回家看我老公都想他会不会在骗我……"

我这回忍不住笑出声,赶紧宽慰她:"这你大可以放心,你家情况我还是了解的。你老公骗不骗你根本不是重点,重点是除非他找到了富婆,还是愿意帮着他养这两个孩子的富婆,否则对他来讲,现阶段最重要的是把日子过下去、把家撑住、把孩子养大。所以他骗你的唯一目的也就是要让你能开心地、持续地、健康地和他一起继续养孩子、过日子。"

"嗯嗯。"小树妈立刻停了哭腔,"而养孩子、过日子,也是我现在这个阶段的主要目标。我们的目标是一致的，所以没问题。"

"狗头军师"我立刻露出满意的微笑，掐着手指给她分析下一步的行动。

我有一年去五台山。导游小石在陪着我们走了各大寺庙并吃足了三餐饭的第二天下午，在龙泉寺门前的台阶上感叹了一句："姐，你真的很理智。"

我从一个嘴上能倒背各种佛教教义如流、内心还是青葱少年的成年男子脸上读到的，是一种谈不上称赞也谈不上批判、"怎么还能有你这样的人啊"的感叹。

其实我总说我自己不是"理智"，只是"趋利避害"，怎样好过，就怎样过。既然人生苦短，就大可不必给自己讨额外的苦头。

但是后来想想，能知道是坑就不跳、是墙就不撞的人，也不是多数。很多人也就是怎么难受、怎么拧巴、怎么不开心，怎么来。到头再问一句："为什么啊？！"

所以，所谓"智者不入爱河"，我一直以为，并不是说智慧的人不会去爱，而是说智慧的人可以爱自己、爱他人、爱世界，但是拎得清，不会被淹死在河里罢了。

Chapter 6 / 第六章

不看也罢的歪理邪说

45. 男人的嘴

男人说话，大抵可武断地分为：虚话和实话。

这实虚当然是相较而言，并没有一杆秤去称重其措辞言语，凡不足数的便算是虚话，压下分量的便是实话这般。若是真能如此，大概世间女子早已对男人断了全部念想儿，这对人类繁衍就很不利了。

所以怎么分这虚实呢？以我愚见，虚实的标准大约是对讲话之人的利益而衡量。凡是为些实在利益而说的话，应算作实话；为了虚渺利益而说的话，可算是虚话。不为好处而说的话？放心，男人没女人那么傻，不说那种话。

擅长说虚话的男人大半要在人群中寻。餐厅里，酒桌前，员工大会上。其中年长者，我常唤作"想当年大爷"；年轻者，为"上一课大哥"。你一定听过这些男人的话！

"唉，我跟你们说，想当年哥哥我在××时……"男人边说边梗着脖子，挥着拿筷子的手臂，目光盯着前方的肉菜，神态却是要震慑四座。回忆往昔时，筷子还不时地晃动以指点江山，结果往往是菜汤油渍溅得四下惹人讨厌，讲话者仍自顾表演。

敢话当年的男子终究是长辈，故陪衬者只能陪酒陪笑，大概是不敢忤逆的。而遇到"上一课大哥"则是更常有。西洋文化融入后，年轻一代的做派早已不受儒家礼教之束缚。二三十岁的后生，已经可以用"你不懂！这个事儿呢，是这样"的语气，和人交谈。他们随时可以将任意一个咖啡厅变成开班授课的礼堂，任他播撒其洞悉一切的智慧及远见。

这些话，当然是虚话。因为除了带来自以为的价值感之外，并没有什么实际的好处，甚至还要常常惹得我这样的小女子白眼。可牛皮吹出去，虽不遮风挡雨，但万一有人半路捡得，如获至宝，亦是"空嘴套白狼"的好事，所以男人们好说这般虚话。

实话的学问更大。

实话未必是真话，谎话也可是实话。因为在有些男子看来，真假并不如利益来得要紧。因而上下嘴皮一碰，吐几句妄语亦觉得稀松平常了。

女人要是和这种实心睁眼说谎话的男子交谈，往往败下阵来。我有一次和旧时的老板起争执，老板说："这件事我是不同意的，因为我是不知道的。"我说："您知道的，我已汇报过。""不可能，我不记得。""就在××那一天，我也是坐在这里，您也是坐在那里。我先是汇报了××的事情，又告诉您××事办妥了。您当时回应的原话是：真的？太好了，高级，高级。"

老板大概是怕我拿出录音录像，怔住几秒之后，缓缓地转了转老板椅的角度，眼镜片后面的目光向天花板飘了一下，又快速地坠到办公桌前，似笑非笑地"咳咳"了几声，复我："你那天汇报给我的是这件事吗？我当时以为你说的是另一件事哩！"

事情的结果自然是我妄图捍卫的真相无人在意，而老板的利益在扯谎中圆满达成。可见实心慌话的妙用。

当然，我并非想说男人句句皆是谎话。既是真话又是实话仍是多数，只不过这些真话常常令女子更为窝火罢了。

譬如一个女人正不知为何生闷气，若是女生朋友来了，要问她："你怎么了？"若是男朋友来了，则要问她："你又怎么了？"女生朋友接下来要问："因为什么事儿阿？"男朋友则要问："又因为什么事儿阿？"

女人若只是在生气或哭，半句也不肯说，女生朋友大可以从旁而坐，轻抚她的肩膀，不再追问半句，自顾自地说："没事啊，没事，都会过去的。"而男朋友则要叹气，点烟，或围着女子踱步，或索性离开，边忿忿一句："你什么都不说，我怎么知道你怎么了？"

男人们是不懂读心术的，所以他们绝对不是明知故问，是发自肺腑地真心不懂女子的怨气何来。加上个"又"字也不是表达讽刺的意味，而是真诚地感叹。这沟通的鸿沟不在于技巧，而在于目的。

女人安慰另一个女人，为的并非是自己的利益，而是多少有些"见不得她受苦"的圣母心；而男子安慰女子，哪怕是自己的妻子、母亲，总是隐含着"把你安置妥帖了，才好助我办事"的意味。

有时女人话多如唱戏，曲曲折折，弯弯绕绕，亦不足为奇，图的是分享情绪；有时男子说话可当法理，倒不是因为字字珠玑、公正严明，而是暗含有益信息。因此，再遇到任何男子，或深情、或悲情、或义愤或羞愤地说着一套又一套话时，女人们也不妨直接问上一句："说了这么多，你到底想要啥?"

46."凭什么小姐"

我在小文《男人的嘴》中，勾勒了几类不甚欢喜的男性形象，名曰"上一课大哥""想当年大爷"，可以说是充满对男同胞的偏见了。今日说说女子。

以我三十几年对同类的观察，女子无论妙龄或老妪普遍易犯的毛病是：凡事定要和他人比较，且这比较的公理往往不在外界，全靠自己心里画的一杆尺。于是经常可以得出自己高而他人低，自己长而他人短，自己优而他人劣之结论，继而得到最终结语——"凭什么呀！"

和"凭什么小姐"喝咖啡。

"我跟你讲啊，我最近太郁闷了。单位评优秀干部，我要论文有论文，要项目有项目，结果居然没有选我！选了一个年纪比我大的，她论文数、项目数都没有我多，就那么几篇，跟我根本不能比的。你说，凭什么啊？不就是比我年纪大吗？凭什么比我年纪大就选她不选我了啊！我跟你说，这件事我郁闷特别久，心里特别难受呢！"

"哦？这位评了优秀的员工，你和她很熟悉吗？"我问。

"不怎么熟，听别人讲了一些。反正就是处处不如我！"

"既然不熟，那你又怎么知道人家全部的长处呢？"

"那反正要评选的几个材料她都不如我呀，她除了年龄大，别的几个材料按数量、按质量都不如我呀！"

"哦？这样说起来，这次评选的评委，你一定和他们都非常熟悉吧？"我又问。

"那倒也说不上，人家毕竟是保密评选的，我也不知道是谁评的。"

"所以，你只知道自己有什么，不知道别人有什么，也不知道评选者的想法、诉求和目的，却坚定地认为这个奖项理应是你的，而不是别人的。这又是凭什么呢？"我大口喝掉半杯咖啡。

"凭什么小姐"嘟起嘴，碎碎地念着："那什么……可是……但是……唉……反正……我就是郁闷！"

"你前阵子不是评上了'最佳风采奖'吗？你又凭什么呢？凭你投胎好？生得一个好皮相？"

"凭什么小姐"不作声。

我仰头喝完杯中的咖啡，转而安慰："你看，你年轻貌美、身体健康、家庭美满、经济富足，已经是无数人一辈子求而不得的状态了。对不对？"

"凭什么小姐"半个身体横躺在沙发上，幽怨地瞪着小圆眼，像是质问我，又像是自言自语："所以，就因为我又年轻又漂亮又有钱，我该得的奖就可以不给我了吗？凭什么呀！"

和"凭什么小姐"吃饭。

"唉，我隔壁组的小姐姐，工作能力什么的都不行，但是领导一直也不开除她。而且最过分的是，我每天都在单位加班到晚上九十点；小姐姐呢，六点准时下班，去附近的健身房健身！然后！健完身再回来打卡！就这样，老板也不开除她！凭什么呀！"

我嚼着藜麦沙拉，说："小姐姐这样偷懒，老板扣你的薪水了？"

"没有，她和我不在一组。"

"那她的工作方式，对也好，错也好，和你有什么关系呢？"我问，顺手拿起薯条。

"凭什么小姐"委屈起来，放下喝汤的勺子，争辩着："可是我都忙不过来了！我天天那么忙，那么累，我老板也不给我涨薪；她天天那么清闲，还和我工资差不多。凭什么呀！"

"那老板把她开除了，但是依旧不给你升职加薪，你就开心满足了吗？"

"那倒不是，我肯定是希望老板给我应得的职级和薪水。"

"所以，别人的事和你有什么关系呢？"我又问一次。

"凭什么小姐"不作声，闷头喝汤，嘟囔着："凭什么我这么累……"

和"凭什么小姐"喝茶。

"我跟你说，我前几天刷视频，看到我前任的现任老婆了。

她的整容脸都开始各种塌了！看着真解气！"

"哦？你还要关注你前任的现任吗？"

"也没有啦，就是看看她微博，看看抖音。反正她和我前任吧，那真是渣男遇渣女，特别配！"

我抿了口茶，稍有些烫，说："那不是很好吗？他们也般配，你也感情美满，大家都各得其所。"

"但是我看到他俩孩子的照片还是情绪很不好来着。"

"哦？为什么呢？"我放下茶杯。

"不甘心吧，渣男跟我那么多年总说不要孩子，和渣女在一起就要了。""凭什么小姐"脸上露出一丝愤愤。

"他们有了孩子，好像不影响你的婚姻质量吧？"我问。

"当然，我和我老公也非常美满，再让我回去和渣男在一起我也不要了。但我就是不服气，凭什么他有儿子？我都还没有孩子呢，凭什么他可以有？"

我和马老师说"凭什么小姐"们的轶事。

马老师告诉我，人长到四岁，约莫幼儿园中班的年纪，有一特性是爱告状。故中班老师最头疼之事，莫过于一个个举着的小手，咿咿呀呀地说：

"报告老师，×× 没有把手背好！"

"报告老师，×× 和 ×× 在说小话！"

"报告老师，×× 没有把自己的玩具收起来！"

马老师又告诉我，小童长到这个年纪，方对世界之规则有了几分认知，若是觉得自己遵守了规矩而其他人没有，则是即刻要报告老师的天大的事情了。

"所以，你会表扬那些告状的小朋友吗?"我问。

"怎么可能，几十个人的班，我鼓励告状，就没完没了了。"马老师摆手，"再说，他们长大以后也需要明白，这世上的规则，哪是他们自以为的那么简单。"

"那有小孩儿举手告状，你怎么办?"

"我跟他（她）们说，管好你自己!"

47."都怪我姑娘"

上篇写的是"凭什么小姐"的特性——凡事定要和他人比较，并永远得出：自己高而他人低，自己长而他人短，自己优而他人劣的结论。若是结果不顺意，则大呼："凭什么啊！"故谓之"凭什么小姐"。

"凭什么小姐"的度量衡是以自己为基准的：她有的东西别人最好没有，她没有的东西别人绝对不可以有。否则，便是别人抢了她的利益。就好像我三岁的外甥女花花小姐，一把揽住面前的巧克力蛋糕，你若要她分享，则要即刻咧着嘴大哭："这是我的蛋糕！凭什么都要吃我的蛋糕！"好似这蛋糕写了她的名字在上面。

当然并不是所有人都犯"凭什么小姐"的毛病。毕竟大千世界，人各有"病"。有另一类人，大半也是女子，犯的是另一种病：凡错事、坏事、倒霉事，必要大包大揽到自己头上。谓之"都怪我姑娘"。

和"都怪我姑娘"吃饭。

远远地见她等在路边显眼处，我赶紧加一脚油门靠过去。她风尘仆仆地上了车，不忘塞给我见面的礼物。

"我收藏了一个日料店，看起来很不错。要去试试吗？"我抓着方向盘问。

"好啊好啊！"她不迭应着。

"还是你想顺便逛街，那我们就去三里屯。"

"啊，我都行，没关系。"她欲言又止地摆手。

"今天周一，三里屯那家我们喜欢的汉堡店有活动。"我转到左侧道，给她使眼色。

像是下了很大决心似的，她终于说："那去三里屯吧！我都好久没去了。"

掉头，驶向"时髦中心"。那时我还没有茹素，泛着油光的汉堡对切为二，用牙签自上而下固定着，盛在小木板上送来。我俩各自抓起一半，沿着横截面大口咬下，肉饼裹着的油渍浸润了面包胚，还不忘在菜丝中穿梭试探。满口流油时，电话振动起来，是不认识的手机号码。

我接起来，是客气的男声："啊，您好。您的车是不是停在××了？"

"嗯，是的。"我咽下口水，顿生几分警觉和疑惑。

"不好意思，我把您的车剐了。我加您的微信，给您拍照看一下好吗？之后您看要花多少费用，我再给您。"

"哦，好的。"我挂了电话。并不为被剐蹭而太过烦心，倒为良好的社会风气感到几分欣慰。

"怎么啦？""都怪我姑娘"放下手里的汉堡。

"没大事。车被剐了下，对方给我拍照来看看怎么处理。"我又抓起剩下的汉堡。

"唉……都怪我。"

"嗯？和你有什么关系？"

"要不是我说来三里屯吃饭，你的车就不会被剐了。都怪我。""都怪我姑娘"满怀歉意地看我一眼，又赶紧低下头，像是怕我指责她，摆弄着沙拉盘子里的菜叶。我半口汉堡卡在喉咙，蒙蒙地看着她。

和"都怪我姑娘"喝咖啡。

"最近听说我初恋男友要离婚，我心里难受。"抿掉一点点拉花，她小心翼翼地放下咖啡杯。"啊？和你有关系？"我露出狐疑样，毕竟她也不是破坏别人家庭的品行。"我就觉得要不是当初我和他谈恋爱，也不至于毁了他，唉……"喝下一大口咖啡，苦涩像是随着她的叹气散开在空气里。

我顿时精神起来："哦？真的！你骗了多少财产？还是……"

放下杯子，我凑过头，压了些声音，拙劣地学着谍战片，问道："尸体……藏在哪儿？"

她立马摆手笑，"不是啦。"

"就是我当初觉得那个年纪好像应该谈恋爱，他又对我很好，我们就在一起了。后面过了几年，发现两个人没有什么共同语言，再加上他家里又有些不太好的情况，本来都谈婚论嫁了……我就在最后关头后悔了，分手了。"

"真的没有共同语言，即使结婚也不会长久。这种情况分手，我觉得算不上毁了人家吧？再说，他家有啥情况？"我见的逃跑新娘也不止一个，不觉得有什么不妥之处。

"唔，他父母经常吵架，街坊四邻都知道。他还有个妹妹，有一次他和妹妹吵架，结果一巴掌把他妹妹打到耳鸣还是怎么的，我帮着送去急诊来着。那次之后，我就有点儿害怕……""都怪我姑娘"喝了口水，绘声绘色地描述起半夜去急诊的情景。

"我的妈呀！那你分手很对啊！如果这个人有暴力倾向，真的结了婚，你就是家暴受害者了啊！"我笃定这是一个"劫后余生"的故事。

"可是……""都怪我姑娘"支吾了一阵，"他倒是也保证了，绝对不会打我的。"

"无论如何，这都是一个完全合情合理的分手。在我看来根本是虎口脱险，好吗？！"我摇头，不想纵容她把家暴倾向粉饰得好似太平。

"可是……反正就是我后来跟他分了手，他就立刻找了一个相亲对象很快结婚了。后面好像婚姻不是很幸福，老婆还出轨了，他过得也不好。都怪我，如果不是当初我和他在一起，后面这些也不会发生了……"

我努力忍住把咖啡喷在她脸上的冲动，点头道："你说得对。都怪你和他谈过恋爱，他后面的人生不幸都是你造成的；都怪你没有攻克癌症，才会有这么多人因此丧命；到今天为止世界和平也没有实现，我觉得你也有责任哩！"

"凭什么小姐"们的出发点不算难理解，照马老师说，六岁前儿童教育的一大问题就是要克服自我中心意识，毕竟当小孩儿磕了桌角，婆婆、妈妈们大概会一边呼呼地吹着、揉着、亲着孩子的小肉身子，一边痛骂："都怪这桌子！桌子真坏！"动弹不得的桌子都能被当成冤枉的对象，活人也就难免都成了"凭什么小姐"们的劲敌。

我于是忍不住想：那"都怪我姑娘"的童年又是怎样的呢？是谁教会了她们不管什么事都要认下来、咽下去，凡事都要说一句"都怪我"呢？大概是没有人为了她的哭泣去痛骂一张桌子。亦或许当桌子坏了的时候，反倒有人会站出来，指着不远处的她，尖声说："是不是你弄坏的？都怪你！要不是你，桌子也不会坏！"

其实人最常犯的一个逻辑错误，是把前后关系误以为是因果关系。桌子是桌子，人是人，各有各的命，各医各的病。一码归一码，不要混为一谈才好。

48. 聊天的艺术

聊天当然是有学问的，要功夫的。因此仅凭聊几句闲天即可使得对方或欣喜或慰藉，或得了至关重要的顿悟的人，可以说是聊天的艺术家。

我没有艺术家的造诣，且徒有刻薄的毛病。有两类人，是我不愿聊天的。

第一种是自说自话的人。这类人不觉得交谈之要义在于"交"，而以为在于"谈"。他们说起话来如机关枪"突突"个不停。你根本不必给任何鼓励的言语，连"嗯""啊""是吗"这些助词都可省去，只消在他旁边喘着气，他即可说下去。纵使你忍不住瞌睡（或是假睡），他也未必会停下，因为他根本没顾着你的反应。

这类人若是有着低声线的男子，可权当是唐僧念经，助眠良药。若不巧是高音女子，则最为要命。听众仿佛时刻在听铁勺扒拉铝饭盒的声音，尖利刺耳，背绷皮紧，好似心跳都被打乱了节奏，一会儿便胸闷气短，头晕眼花。

我这等身虚气短的人，遇着要讲话的场合，常常要猛灌补药，闭目养神才行。而自说自话的人往往气血十足，他们说话的枪口一旦打开便很难关上，自日升到日落，源源不绝。

你若为了自己的耳根之清净，委婉地劝他："说了那么久，太累了。歇会儿，吃点儿东西，喝点儿水可好？"对方必然答你："我没事，我不累。我边说边吃不影响！"

若你已疲态毕露，直白告知："我累了，我已经听不到了。"对方亦会直白答你："没事，我说着，你能听多少是多少。"

非到你直接下逐客令，说"拜拜"，对方才会意犹未尽地说出令你万念俱灰的结束语："好，拜拜，明天继续说！"

第二种是刨根问底的人。

美好的交谈如乒乓球，有来有往，有进有退。双方在自己守候的一方天地里迎来送往，拿捏分寸。你可以扣球，我可以接球，但你一直扣球，我累了，我不接认输也是可以的，而你不能跑来我的半边场地质问我：为啥不接我球？

热心的大姐们深谙此道："你多大了？你结婚了吗？你有孩子了吗？你打算什么时候要孩子？你买房子了吗？哪个楼盘？多少平方米？你买房谁出的钱？房产证怎么写的？你这个工作挣多少钱？"

这种杀人不见血的场合，若我是待宰羔羊，往往会回拉一个长球："你刚才说到你儿子，有没有照片看一看呀？""你家房子看着真不错，你当初是什么机缘买到的呀？"

　　但有时若我只是观众，眼见着 A 姐环环紧扣地逼问着 B 妹，则忍不住动恻隐之心，要临时跳出来做裁判叫停。

　　能遇到舒服的聊天对象是极其愉悦的美事，气短如我也可以从午餐说到晚餐，惜别时还留有几分不舍，觉得话还是没有说够。但是若让我想究竟说了什么，也记不得。这种大概可以算是无声的滋养。

　　另有一种觉醒式的聊天，我也是喜欢的。

　　有一次和民国风美人同路出差，回程恰好订了相邻的座位。美人骨相、皮相、身段、气质都是绝等，因此话题从美容开始。肤浅的虚荣过后，我俩开始分析消费主义和女性觉醒。以我愚见，能从吃饭聊到粮食问题的人，都是聊天的艺术家。

　　美人魅惑的大眼微微弯着，侧头看向我，问："你说为什么喜欢口红就一定是被消费主义捆绑呢？女孩子为什么不可以天然地喜欢自己觉得好看的东西？"我陷在她的眼神里，忍不住在心底为她鼓掌。不必被消费主义捆绑，也不必被反消费主义捆绑。继而反问起自己：我怎么没有美人这样坦诚爱美的勇气？

　　前日见梅芬，说起我前几周的文章，梅芬语重心长地说："姐啊，你讽刺我们都认识的那人，太过明显了，我都不敢转发。"我惊呼："哈？我早都忘了。压根没有想起来他，是在感叹我周围最近的事情呢。"梅芬松了口气："那就好。我看你文章，再看他，总觉得你说的就是他了。"我笑，招呼梅芬赶紧把蛋糕吃下，不必心烦。

　　回过头想，也难怪。我们都活在自己构建的小世界里，日常看到、听到、想到、说到什么，皆是由着自己的，围着自己的，有关于自己的。这也便是聊天这项艺术的美妙之处了。起码可以在高手过招儿的短暂时刻，看看自己半张桌子以外的世界。

49. 高敏感人群的治疗建议

人类科学发展至今，虽然治不好的毛病依旧很多，但人们对于许多以前"不知是何病"的病多了几分了解，算得上是极大的好事。

"高敏感人群"乃是 1997 年心理学家伊莱恩·阿伦博士首先提出的概念。普及到现今的心理学和大众传播中，算是给"矫情"和"想太多"找到了更为合理的解释，亦为相关人士的福祉做出了贡献。我无意讨论心理学，仅作为常年与高敏感相伴的人，在不断地自我训练和治疗的过程中留下些经验，浅谈一二，权当是"病友"分享吧。

高敏感特征的确诊

如果您从没听过"高敏感人群"这样的词，且在听到这个词语时首先的反应是：这是什么玩意儿？那十有八九可放心，这事儿和您没有什么干系。据我多年的狭隘观察，敏感人士们自小便知自己敏感，并不用等到心理学家做什么诊断。而不敏感人士则无论什么年纪都不知且不能理解何为敏感。

譬如我前几天和某老同学聊天，提到我被别人说闲话的痛楚。老同学边吃下一口火锅烫菜，边不假思索地答："那你们工作还挺闲的，还有时间想别人说你的闲话。"此乃不敏感人士的自然反应，我当然不会和她生气，反倒羡慕她终生清净的耳根。

故，资深的高敏感人士，并不需要什么"高敏感人群的特征"对照表，你给他看"高敏感"这三个字，他便已经从心底戚戚焉而涌泪了。

高敏感特征的治疗态度

就鄙人近年的自我观察，最有效的治疗方案的先决条件是抱有正确的态度。这道理大概和医治大部分慢性疾病是相通的。

既然是慢性疾病，便要做好长期治疗的准备。因此看待自身高敏感的特性，切不可以抱着"我只要做这三件事，六个月之后就再不敏感"的天真和短效期待。要保持着科学的、客观的、长期主义的态度进行自我治疗和训练。

譬如有人天生腿短，大可不必刨根问底"到底为什么我腿短"，亦不用断骨增长而和他人比个高下，非要争个"我也可以腿长"。认清现实，找对方法，勤加练习，小短腿也可以走出一片天。

此节题目虽为"治疗"，但我窃以为"训练"二字更为恰当。因高敏感本不是一种病，而是特点。任何特点皆在使用恰当的时候被视为优点，滥用时则为祸害。

训练第一步：隔离致敏原。即远离一些易带来焦虑和敏感情绪的负面信息和源头。

譬如我太过容易代入情绪，但凡悲剧性事件，从交通事故、刑事案件，到战争饥荒、种族灭绝，我都可以感受到极大的痛苦和悲切。小学时候看过的有关731部队的纪录片，至今仍然是我偶尔的噩梦之源。所以我注销微博，除微信外没有任何社交软件账号。很多悲剧事件的报道图片及视频，我在事件发酵的初期尽可能不看，在事件中后期，则选择性地看部分文字综述型报道。

又譬如我如果被批评，是可记一辈子的，无论来自亲人同事，还是网友看客。若谁骂了我一句，哪怕只是十余年前我某篇文章下的尖酸评论，我也记得。所以公众号错过评论功能的开通，对我而言是得了便宜的大好事。日常交友，凡不和我同喜同悲，遇事要挖苦讽刺，动辄摆出一副"你这个人如何如何"态度的，逐一拉黑断交。

当然总有人要替致敏源辩解说：××就是刀子嘴豆腐心，××这样说也是为了我好，××就是不会说话，人还是个好人。道理我不反对，但譬如有人严重海鲜过敏，正常人大概是不会劝他"这个菜就只有外面是海鲜，里面是鸡肉做的""吃海鲜也是为了你好""这条鱼是海鲜没错，但还是很有营养的"。故，隔离致敏原，乃第一步。

训练第二步：增强抵抗力。即打造和培养有益正面情绪滋养的客观环境。

今日我周围可称得上朋友的人，无一不是各种级别的"彩虹屁学家"。有冷峻而暗藏温暖的，有日常嘴香唇蜜的。以我每周写文章的催更群为例：我写得顿涩不清、犹犹豫豫时，他们赞我"坚持的胜利"；我写得较为顺手、略有长进时，他们称为"高光之作"。我虽做不到全然相信，但整日被托在香蜜软盈的云端，总是心里甜滋滋，下笔有如神助。这样的朋友，自然不是突然从天上掉下来的天使团，而是我多年刻意选择出来的。

故所谓的增强抵抗力，亦可叫作"缺什么就狠狠地补什么"。譬如打完疫苗，医生规劝说要及时补充蛋白质，尤其是优质蛋白，多吃猛吃，此法和交友一致。遇到常鼓励你的，给予温暖而不是评论的，为你提供情绪价值而不是教训你以显示自己地位的良友，一定要视作珍宝。

我建议你大可直接将他们唤作珍宝，亲亲热热地跟他们讲："哦，我的宝贝！是你给我的鼓励让我能继续努力下去！谢谢你！爱你哦！"把平日里和淘宝客服说话的酸劲儿拿出几分用在朋友上，赚的便宜比包邮还划算百倍。

"多吃猛吃"亦是重点。譬如我逐步剔除第一步提及的致敏原之后，把余下的时间更为紧密地投入在我的"香朋友"们中。尽可能保持固定的联谊频率：吃饭、喝茶、看电影、爬山、逛展、带孩子。做什么不要紧，要紧的是和这些可人儿常在一起。万不要偶遇良人，又不舍得（或不好意思）使用，任其留在通讯录里落灰，白白浪费了"优质蛋白"。

训练第三步：吃药并信药。即犯病时即刻行动，并相信行动的力量。

譬如我在常年隔绝负面源头并深耕正面环境之后的今天，亦难免在生活和工作中遇到易被人评论的场合。有时在会上发言，闭麦之后便要想上很久：我刚才说的那一句是不是不妥当？我左手边的老师似乎没给我什么反应，她是不是觉得我不够专业？

对高敏人士而言，这情景是家常便饭。如果不做训练和治疗，自我放任，十分可能担心到九霄云外去："张三要是觉得我不专业，那是不是李四也觉得我不专业啊？那会不会张三、李四和王五会在一起说我怎么那么不专业啊？那我之后和王五对接工作他会怎么看我？哎呀，我怎么这么不会说话啊！刚才要是不这么说就好了！等等，还是他们觉得我说得不对的不是第二段，是第三段？我是不是第三段说得也不对？哎呀，我完了……"

要清断这些念头不是易事，但导向为行动而不是空想却是有可能的。譬如我现在若遇到类似情景，会将自我之怀疑直接转为行动："×× 老师您好，很高兴认识您。一直都觉得您特别专业，有很多东西要向您学习。"

对不熟之人我较为擅长打太极的迂回方式，对熟人则会直接问："我刚才的话让你不舒服了吗？"若对方明确给予负面的反馈：不理睬，不对话，"对，你让我不舒服了"云云，则道歉并改正。若没有，则大半是高敏感的特质在发作，我自己想多了。

第三步的要义在于行动之后聚焦于行动本身，说白了，就是"吃药、信药"。

高敏感特质的难缠处是往往行动之后还要继续敏感："我虽然道歉了，但他是不是还是会不高兴啊……""他虽然嘴上说不生气，但是好像眼神还是不怎么高兴呢……""我虽然和张三解释了，但是李四、王五、赵六我都不熟悉，我要不要一一解释啊……"

遇到这样的念头，我会自我催眠：吃了药，就会好；再不好，就是药的问题，不是我的问题。

训练第四步（最后一步）：骂人。

学会骂人，并不是要高敏感人群做当街骂人的泼妇（夫），而是用于诸多明枪易躲、暗箭难防的情景。譬如听闻有人在背后骂我，或者对我的工作做些莫名其妙的评论，这些经过他人转述的琐事，自然难以去和当事人对质，也就谈不上用第三步的法子。怎么办呢？骂人啊。

与其纠结于"哎呀，她为什么这么想我……""哎呀，我是不是和他有误会，我需要找个时间解释吗……"我现在的解决方案粗暴直接——心里默念一句骂人的话。

半熟不熟的人千万不要被我状似知性、温柔、充满爱的外表所蒙蔽，我有能量和我的"香朋友"们播撒光明和温暖，是因为我骂臭虫骂得比谁都凶狠。

　　骂人的念头就像屎尿屁一样，憋再久，亦不会把臭屁变成棉花糖，倒不如大方地、响亮地放出来。肠道通畅，人自然神清气爽。当然成年人是不会随地大小便的，大概率也不会在公共场合放屁。所以寻一个私下的空间和时间，大肆地骂、逐级递进、感情喷发地骂。此法依我个人经验，对身心健康有奇效。

　　常年坚持骂人的自我练习之后，再遇有人风言风语时，我当然也逃不脱会第一时间冒出来"他怎么怎么说我啊？我做错了什么？"的敏感念头，但约莫不到半秒，训练有素的骂人肌群就会跳出来工作了。

　　此篇小文当然全都是些狗屁不通的歪理。如果对高敏感人群中的一二有些许帮助，便是我作为资深"病友"的荣光了。

50. 乌鸦礼赞

我完全不是鸟类专家，亦谈不上爱好者。偶尔在公园散步时，见的也多是喜鹊、麻雀之类，并不常见乌鸦，但今大却想帮它说几句话。

人类自大的体现之一是把自然之物都按照自己的喜好而定义。譬如乌鸦，唐朝之前，人遇喜事，抬头见鸦，于是说"乌鸦报喜，始有周兴"，视其为祥鸟，好生歌颂；后来在坟前、墓地也抬头见鸦，又突然觉得是不祥之兆，要忌讳起来。

乌鸦喜食腐肉，于是骂人嘴臭的时候要编排乌鸦，谓之"乌鸦嘴"，好像人类嘴巴吃的不是肉一般；乌鸦喜群居，常有成千上万只聚集，于是骂某个群体的时候又要挤兑乌鸦，谓之"乌合之众"，好像人类不是动辄几十万地挤在城市的区区一隅。

乌鸦备受人类的关注，大概和它杰出的智力水平有些关系，毕竟"乌鸦喝水"是每个小童都知道的故事。这典故是有科学实验证明的。据说牛津大学的科学家们曾在细管中放了些食物，观察乌鸦能否学会使用带钩子的金属丝取食。不久，实验室的乌鸦们逐渐会了用钩取食，科学家十分惊喜。

但更大的惊喜却发生于计划之外：在进行了数次实验后，一根金属丝的钩子断掉了，没了钩子自然没了取食的工具。这时一只乌鸦用爪子踩住金属丝，用嘴钳住末端，弯折，做成了新钩，继续取食。

人类科学家们既兴奋又怀疑，毕竟制造和使用工具乃是人类和动物之间的差别之一。于是科学家们又多次给这只乌鸦提供没有钩子的金属丝，结果，这只乌鸦一次次地展示用嘴做钩的技巧，终为众鸦赢得"人类以外具有第一流智商动物"之美誉。

大部分人未必知道的是：这只迅速学会制造和使用工具的乌鸦，是一只雌鸟。而每当她做好钩子，把食物从细管中取出来时，雄鸟就会把食物抢走，吃掉。如此往复。

终生致力于动物研究的珍·古道尔笑说：男人（以及雄鸟）的座右铭是："如果你有老婆，何必制造工具呢？（If you have a wife, why bother to make a tool?）"这一点上，乌鸦倒是和人一般黑。

51."杀死"一个科学家

20世纪30年代，在一座位于英国伦敦的小房子里，住着一位金发碧眼的小女孩儿和她的家人。

在她一岁半时，有一天，小女孩儿在花园里玩土，她挖到了一条柔软的、褐色的长虫子。小女孩儿没有害怕，还很欢喜。她捧着泥土色的虫子回到她的小房间，把虫子小心翼翼地放在小床上，然后自己也在床上躺下，静静地看着虫子爬呀爬。过了一会儿，她的妈妈走进来。看到小女孩儿以及她床上的泥土和蚯蚓。妈妈说："亲爱的，它需要在泥土里才能活下去，我们把它放回它的家吧。"小女孩儿点点头，和妈妈一起把蚯蚓又送回花园里。

四岁的时候，小女孩儿去亲戚家的农场做客。农场里有小鸡、小羊、小猪，都是她在家里没有见过的动物。她开心极了。在看鸡笼里的母鸡和小鸡的时候，她想：小鸡是从鸡蛋里孵出来的，鸡蛋是母鸡下的，那母鸡是怎么下蛋的呢？

她决定找到这个答案。于是她静悄悄地走进鸡笼，在母鸡下蛋的草垫后面寻了一个不易被发现的角落，然后蜷起身子，静静地等，一等就是半天的时间。妈妈和亲戚们用了三四个小时才找到她，农场太大，而她藏得太好，大家费了好一番力气。尽管身上粘着草屑，小女孩却神采奕奕地说："妈妈，你知道吗？我看到鸡是怎么下蛋的了！"她的妈妈帮她整理衣服，然后让一家人都围坐在客厅里，听小女孩儿讲母鸡下蛋的过程。

这个小女孩儿，是今天的珍·古道尔爵士，英国生物学家、动物行为学家、环境保护组织"根与芽"的创始人。她在贡贝河自然保护区所进行的黑猩猩研究打破了长久以来"只有人类才会制造工具"的认知，为人类学和动物行为学研究带来革新。而陪她在坦桑尼亚坦噶尼喀湖畔日复一日观察猩猩的人，是她的母亲。

20世纪70年代，在一座位于美国华盛顿特区的小房子里，住着一位褐发棕眸的小男孩儿和他的家人。

四岁的时候，小男孩儿在花园里玩，他追着蝴蝶、蜜蜂跑啊跑。那是他第一次被蜜蜂叮。看着手臂上肿起来的小红丘，他吓坏了，又疼又委屈，坐在地上哭起来。听到哭声，他的妈妈走来，问发生了什么事，然后回到屋里。过了一会儿，妈妈拿出一个玻璃瓶子，棕色的玻璃瓶上写了小男孩儿不懂的字，但是看得真切的是瓶上画的骷髅头。他想：完了！妈妈要杀我！

他哭得更厉害了。

他那在二战期间做电码破译员的妈妈既沉着又冷静，在他那肿起来的小胳膊上涂了一点点"毒药"。像魔法一样，疼痛和肿胀即刻好了不少。妈妈说："这是氨水，它在多数情况下对人来说是很危险的；但是当你被蜜蜂叮的时候，一点点氨水便可以中和毒素，你就不那么疼啦。"小男孩儿点点头，看看自己的小胳膊，又看看玻璃瓶上的骷髅头。他想：这太有意思了！

这个小男孩儿是比尔·奈，后来的美国知名科学节目主持人、畅销书作家、行星协会首席执行官。毕业于康奈尔大学机械工程学专业。因其对普及和传播科学知识的贡献，他被包括约翰霍普金斯大学在内的六所大学授予荣誉博士学位。

所以，"杀死"一个科学家，难，也不难。第一步，坐上时光机回到他的小时候；第二步，对捧着蚯蚓上床的小女孩儿大喊："你干什么呢！脏死了！我说了多少次！这么脏我还要洗床单你知道吗？！"

或者，给藏在鸡窝里看母鸡下蛋的小女孩儿呼上一巴掌："你跑哪儿去了！你知不知道我们都担心死了！你怎么这么不让人省心呢！"

又或者，一把抱住被蜜蜂叮了的小男孩儿，亲亲热热地说："哦，宝宝乖乖，蜜蜂坏坏。妈妈帮你把蜜蜂都杀死好不好？"

"科学家"已死，任务完成。